Bode

Über dieses Buch »Nicht er rief mich zurück.« Mit diesem folgenschweren Satz beginnt ein ungewöhnlicher Liebesroman. Martin hat nach einem Autounfall die Sprache verloren. Anne, die Schauspielerin, sieht in ihrem Freund aber nicht einen unheilbaren Fall, sondern weiterhin den geliebten Menschen. Behutsam tastet sich die Erzählerin als eine Frau, die nicht aufgibt, an schwierige, den ganzen Menschen erfassende Situationen heran. Sie spürt, wie allmählich ein anderes Gefühl zwischen Martin und ihr entsteht, wie die verabredete Kommunikation nicht mehr mit der verabredeten Sprache geführt werden kann. Sie selbst scheint sich in ihrer Beziehung zu ihm zu verändern. Was vorher als Normalität galt, verwischt sich im Verlauf einer neuen, tiefergreifenden Annäherung. Wer eigentlich ist krank oder gesund? Wer »normal« oder »gestört«? Sie verlangt von der Umwelt, die, einschließlich Martins Bruder, allzu rasch bereit ist, Martin aufzugeben, daß sie ihn annimmt, wie er ist. Sie will nicht Mitleid noch Güte, sondern daß Martin bleibt – als Mensch. Martin soll nicht jener Routine des Krankenhauses und der Heilanstalt preisgegeben werden, die daraus eine andere Normalität macht, von der es womöglich keine Rückkehr mehr in die Alltäglichkeit gibt, weil der Mensch sich dieser neuen Umgebung anpaßt. Annes zum äußersten Sichaussetzen stößt auf Unverständnis, selbst bei den Freunden Martins, die sie in dessen Haus geholt hat, um das alltägliche Leben so fortzusetzen, als warte es auf ihn.
»Was liebt man am anderen?« wird in Ingrid Bachérs Roman eine der wesentlichen Fragen, die Aufschluß über die Beziehung gibt, die, so persönlich sie auch dargestellt ist, uns in unserem alltäglichen Verhalten betrifft.

Die Autorin Ingrid Bachér, 1930 in Rostock geboren, aufgewachsen in Berlin, arbeitet seit 1949 journalistisch. Sie veröffentlichte seit 1958 Erzählungen und Romane, u. a. »Lasse Lar und die Kinderinsel« (1958), »Schöner Vogel Quetzal« (1959), »Karibische Fahrt« (1961), »Ich und Ich« (1964), »Unterwegs zum Beginn« (1979), mehrere Kinderbücher, zuletzt »Morgen werde ich fliegen« (1979), und schrieb außerdem Hörspiele und Fernsehfilme für das ZDF. Ingrid Bachér ist verheiratet mit dem Maler Ulrich Erben und lebt in Düsseldorf.

Ingrid Bachér

Das Paar

Roman

Fischer Taschenbuch Verlag

Ungekürzte Ausgabe
Fischer Taschenbuch 5267
Oktober 1982
Fischer Taschenbuch Verlag GmbH, Frankfurt am Main
Lizenzausgabe mit freundlicher Genehmigung des
Hoffmann & Campe Verlags, Hamburg

Umschlagentwurf: Jan Buchholz/Reni Hinsch
Umschlagfoto: Hans-Joachim Polhaus
Gesamtherstellung: Hanseatische Druckanstalt GmbH, Hamburg
Printed in Germany
680-ISBN-3-596-25267-9

Es ist unmöglich, und mein innerstes
Leben empört sich, wenn ich
denken will, als verlören wir uns.
Ich würde Jahrtausende lang die
Sterne durchwandern, in allen Formen
mich kleiden, in alle Sprachen des
Lebens, um dir *einmal* wiederzubegegnen.
Aber ich denke, was sich
gleich ist, findet sich bald.

Hölderlin, *Hyperion*

1

Nicht er rief mich zurück. Seine Worte hatten sich vom Willen gelöst. Bruchstücke einer Sprache, die er ziellos äußerte, ein Flickwerk aus früher Gesprochenem, dem der Sinn abhanden gekommen war. Atem, der sich stimmhaft bewegte, Laute erzeugte, mit denen er vergeblich versuchte, sich verständlich zu machen. Ich streifte mit der Hand über sein Gesicht, über die Decke, unter der sein Körper lag. Alles fast unversehrt und mir vertraut, nur der Kopfverband war fremdartig, stumpf und wulstig. Er sah mich an, und ich lächelte, geheime Komplizenschaft.
Er lag regungslos und schien sie anzunehmen. Doch sobald er zu reden begann, war jede Gemeinschaft aufgekündigt. Das Ausmaß der Gefahr wurde deutlich. Die Worte taugten zu keiner Verständigung mehr. Ich stand auf, damit er mir nicht vom Gesicht ablesen konnte, wie unfähig ich war, ihn zu begreifen.
»Lassen Sie ihn schlafen«, sagte die Schwester, und ich folgte ihr den Korridor entlang. Was ich sah, war weiß und kantig gläsern, roch aseptisch und bezeugte die Härte der ständigen Anstrengung, alles im Unpersönlichen zu halten.

Ich fuhr durch den Ort und an den Feldern vorbei zur Gärtnerei, zum Haus, das hinter den Gewächshäusern stand. Der Tag schlug langsam in Nacht um. Die Felder waren sanft und eintönig in der warmen Dämmerung, während sich am Himmel feurige Wolkenstreifen hielten. Nach einer Weile wurden sie faserig grau, die Helligkeit versickerte, und die Umrisse der Alleebäume erschienen mir nun unschärfer. Einige Fenster des Hauses waren geöffnet. Alles war, wie Martin es am Vortag verlassen hatte. Keine Lampe brannte. Das Haus lag jetzt vor mir, so daß ich es mit einem Blick umfassen konnte. Die Mauern waren schmutzig weiß, die Vorderfront mit den acht langgezogenen Fenstern war durch die Eingangstür unterbrochen, zu der einige Stufen führten. Martins Haus, das er achtzehnjährig verlassen hatte, mit der

Absicht, nicht wiederzukehren, und in das er doch vor einem Jahr zurückkam, um es zu übernehmen. Das Haus gehörte zum Land, war ihm ebenbürtig, als wäre es gewachsen und Teil von viel Älterem. Das machte uns zu Durchreisenden, solange wir auch blieben. Martin schätzte das, während es mich manchmal beunruhigte. Das Vorhandene gab ein Zeitmaß an, das mir fremd war.

Ich öffnete die Tür mit einem Schlüssel, stellte die Tasche im Flur ab. Ich hatte wie immer, wenn ich einige Tage in der Stadt arbeiten mußte, nur wenig Gepäck mitgehabt. Von der Diele aus ging ich durch alle Zimmer, dann in seins, ohne Licht zu machen. Selbst im Finstern hätte ich mich hier ausgekannt. Ich setzte mich an seinen Schreibtisch und rührte mich nicht. Nicht geschehen sollte sein, was geschehen war.

Die Neonröhren in den Treibhäusern jenseits der Gartenhecke brannten. Die Hecke war längst nicht mehr dicht; ausgewachsen und löcherig ließ sie stellenweise das Licht deutlicher durchtreten. Ein entferntes Licht, das intensiver zu werden schien und das Zimmer deutlicher erhellte.

Der Schreibtisch war bedeckt mit Rechnungen, welche die Gärtnerei betrafen. Am Rand lagen Bücher gestapelt und unter ihnen die Mappe, in der Martin seine Notizen sammelte. Ich schlug sie auf, sah im Diffusen die Linien der Schrift, ohne sie entziffern zu können.

Draußen hörte ich jetzt Karl Anton, der mit seiner Tochter den Kontrollgang machte. Er kam aus der Richtung der Gewächshäuser und pfiff nach dem Kind, das quer über die Weiden fortgelaufen war und den Käuzchenruf nachahmte, als Antwort auf das Pfeifen. Ich stand auf und beugte mich aus dem Fenster.

Der Mann ging hinter dem Mädchen her, außerhalb unseres Gartens, der seitlich zur Wiese hin nur mit einem elektrischen Weidezaun abgetrennt war, zwei dünne Drähte, unsichtbar für mich, während der Gärtner sich schattenhaft gegen den Himmel abhob, und das Mädchen sich wieder verbarg.

Im Gegensatz zum Haus, das von der Dunkelheit besetzt war und erstickend still, schien draußen alles belebt zu sein, mir unerreichbar, ob ich nun hinausging oder blieb.

Ich wollte nach Martin rufen, schwieg aber, überwältigt davon, daß es sinnlos sein würde. Ich wählte die Nummer des

Krankenhauses und fragte die Nachtschwester, wie es ihm ginge.
»Es ist alles in Ordnung«, sagte sie, »ganz unverändert.«

Warum haben wir das nie bedacht, daß einer von uns ausscheren könnte, unansprechbar für den anderen?
»Ich bitte dich, höre mich. Sieh mich an.«
Er liegt fast flach im Bett und bewegt den Mund. Ich nehme an, er gibt mir ein Zeichen, aber vielleicht meint er nicht mich. Wenn er mich ansieht, ist es, als wäre ich nicht vorhanden für ihn, fremder als jemals zuvor, und ich hebe zaghaft die Hand, winke ihm zu, als näherten wir uns aus großer Entfernung kommend. Dabei nehme ich den Geruch wahr, der von draußen durch das aufgeklappte Fenster hereindringt. Heu wird geerntet auf den Wiesen. Das Krankenhaus liegt am Rand des Ortes zwischen Feldern und Obstweiden am Ende einer Straße, die von hier aus als Sandweg bis in den Wald führt, sich dort verzweigt zu Pfaden mit Hinweisschildern, damit man die Routen findet, die zum Ausgangspunkt zurückkehren, oder zum toten Rheinarm gelangt, zu ›Karl an der Fähr‹, zu den abgelegenen Gehöften.
»Später gehen wir hinaus«, sagte ich und will ihn verbinden mit all dem, was dort draußen ist. »Riech mal«, sage ich und »laß dir Zeit.«
Augenzeugen berichteten, sein Wagen habe sich überschlagen, er sei hinausgeschleudert worden und liegengeblieben mitten auf einem Acker. Mit dem Kopf war er auf einen lehmigen Erdbrocken gestürzt, so fanden sie ihn.

Auf Martins Schreibtisch breite ich seine fast täglich weitergeführten Notizen aus. Zum großen Teil kenne ich sie, da er sie mir zu lesen gab, wenn ich bei ihm war. Doch lese ich sie nun, gehen die Sätze untereinander und mit ihm eine Beziehung ein, die ich zuvor nicht sah und so auch nicht sehen will. Alles scheint sich jetzt auf seinen Unfall zu beziehen, auf seinen veränderten, unzugänglichen Zustand, schiebt Bedeutungen unter und verweist auf Endgültiges. Dabei versuche ich, sie zu lesen, als wäre der Tag heute wie jeder andere, ein gewöhnlicher Tag im August.
Die Notizen, geschrieben auf großen Blättern, die zusammengeheftet sind, begann er im Sommer vorigen Jahres, als

er das Anwesen hier übernahm, sechs Wochen nachdem sein Vater gestorben war. Ich hatte den Vater nicht gekannt, kam nur mit Martin zu seiner Beerdigung, Zuschauer einer Szene, bei der ich als einziger ohne Erinnerungen war an den zu Beerdigenden, an das Haus, das er verlassen hatte, an das Land, die Nachbarn und die Geschichten, die hierher gehörten.
Martin und fünf Männer, Bauern der umliegenden Höfe, trugen den Sarg. Ihre Familien bildeten seit Generationen eine Nachbarschaft, eine Hilfsgemeinschaft, deren Mitgliederzahl sich aus der Notwendigkeit ergeben hatte, daß sechs Leute den Sarg tragen müssen.
Der Tag war staubig und warm. Ich ging als letzte im Zug und fühlte mich flatterig, ungewohnt auch in einer Landschaft zu sein, die so vom Himmel beherrscht wurde. – Ich telefoniere mit Dr. Fuchs, einem Freund von uns in der Stadt, und bitte ihn, mich krankzuschreiben und das Attest zum Theater zu schicken. Ich kann hier jetzt nicht fortfahren.
»Unansprechbar«, sage ich, »er ist anwesend und doch nicht, wie jemand, der im Schlaf die Augen öffnet und sich umsieht. Oft erscheint es, als nähme er nichts wahr. Aber ich bin sicher, daß er empfindet, was geschieht, auch wenn er zugleich immer ausweicht in eine uns fremde Gegend.«
»Hat er Lähmungserscheinungen?« fragt Dr. Fuchs.
»Den rechten Arm kann er nicht bewegen.« Doch sonst kann ich wenig über seinen Zustand mitteilen, bringe erst nach und nach einiges in Erfahrung. Im Krankenhaus gibt man mir auf keine Frage eine genaue Antwort.
»Hat man Ihnen gesagt, daß er eine Aphasie hat, eine Sprachstörung?«
Ich schweige, wehre mich gegen den immer jäh wiederkehrenden Schrecken, will mein Entsetzen unter Kontrolle halten, damit es uns nicht isoliert voneinander im Hilflosen.
»Ich rufe Sie nächste Woche an, dann werden wir weitersehen«, sagt Dr. Fuchs, »für Aphasiker gibt es Rehabilitationszentren. Da wird man Sie noch beraten.«
Ich bin ihm dankbar. Ich wiederhole mir den Hoffnungskanon. Es wird etwas getan werden, es wird neue Untersuchungen, neue Diagnosen und Prognosen geben. Noch können wir uns Zeit lassen, nichts ist unwiderruflich. Wir müssen nur die richtigen Leute fragen, die geeignete Kom-

munikation finden zwischen uns und den anderen, dem Körper und seiner Behandlung, und schon ist alles aufhaltbar und vermeidbar. Martin wird nicht fortgehen, er immer einige Schritte vor mir, in seinem grünen Reisemantel. Ich gehe und hole ihn nicht ein, und bei einer Biegung ist er verschwunden. Ich atme auf, wenn ich die Biegung hinter mich gebracht habe, und ihn wieder vor mir sehe, auf Rufweite nah, nur daß mein Rufen ihn nicht einholt. Als Dr. Fuchs auflegt, möchte ich sofort wieder telefonieren, fast einerlei mit wem, wenn ich nur nicht selbst sprechen müßte.

Nur Josef rufe ich noch an, Martins Bruder, den ich kaum kenne. Er ist schon vom Krankenhaus aus benachrichtigt worden. Die Nachbarn gaben seine Adresse an und meine beim Theater, an dem ich beschäftigt bin.

»Lassen Sie sich Zeit«, sage ich, »im Augenblick gibt es nichts zu entscheiden.« Ich weiß, er entscheidet gern. »Ich werde Sie anrufen, sobald es nötig ist.«

Das hätte ich nicht sagen sollen. Ich bin fremd in der Familie, so fremd wie die Brüder auch untereinander sind, doch sind sie es nicht so offensichtlich nach außen. Die gemeinsame Kindheit war eine lange Übung im Verdecken des Unannehmbaren, ja Feindseligen.

»Auch müssen wir sehen, was wir mit der Gärtnerei machen.«

Darauf antworte ich nicht. Schließlich hatte er sich auch früher nicht um den Hof gekümmert, der noch vorm Tod des Vaters zur Gärtnerei verkleinert wurde, nachdem einige Felder verkauft worden waren, um Josef abzufinden. Verkäufe, die sich zu der Zeit anboten, da Land gebraucht wurde für den Bau der Autobahn, der nur indirekt in Verbindung stand mit dem geplanten Bau des Flughafens am Rande des Reichswaldes und dem des Kraftwerkes, das keine dreißig Kilometer entfernt von uns nun errichtet wird.

Ich sage auch nicht, daß ich schon mit Karl Anton über die notwendigen Arbeiten gesprochen habe, und daß er den Betrieb vorerst allein führen kann. Wenigstens was die Aufzucht der Eriken und Azaleen betrifft, weiß er soviel wie Martin.

»Kommen Sie, wann Sie es für richtig halten.«

»Schlafen können wir ja wohl im Haus?« Er stößt ein

Geräusch ähnlich einem Lachen aus, so als fände er es komisch, mich um Erlaubnis zu fragen, Martins Freundin, von der er nichts weiß, außer daß sie am Theater beschäftigt ist und, wann immer sie frei hat, bei Martin wohnt. Er weiß nicht, was Martin und ich füreinander sind, und selbst wenn wir es ihm gesagt hätten, es wäre ihm gleichgültig gewesen.
»Gut, gut, Anne«, sagt er plötzlich freundlicher, »wir sind natürlich froh, daß Sie sich um Martin kümmern.«
Ich sehe ihn vor mir, wie er nach der Beerdigung seines Vaters im schwarzen Anzug, der ihm viel zu warm war, und mit steifem schwarzen Hut, allein durch den Garten ging und das Haus und die Gärtnerei mehrmals umwanderte, ein Bauernsohn, der immer irgend etwas kalkulierte.
»Bis dann«, sagte er, »und grüßen Sie Martin.«
Dabei weiß er doch, daß sein Bruder nun keinen Gruß annimmt, meint es wohl auch nicht so wörtlich.

Ich benutze jetzt Martins Fahrrad, um zum Krankenhaus zu fahren, lasse meinen R4 vorm Haus stehen. Früher war das für ihn, wenn er nach Hause kam, das erste sichtbare Zeichen gewesen, daß ich schon eingetroffen war.
Ich radle nicht durch den Ort, sondern außen herum, bleibe am Rande der Landschaft, fahre durch die Pappelalleen und den Niersuferweg entlang, an den Mauern des Gutes Grafenbeck vorbei. Die Wiesen sind von Hecken begrenzt, die sich mir beim Fahren hintereinander verschieben. Auf der Niers treibt ein Boot mit der Strömung. Zwei Jungen haben Schnüre herausgehängt, um Fische zu fangen. Ich weiß von Martin, daß es keine Fische mehr in der Niers gibt. Ich rufe die Jungen nicht an, sehe ihnen nur zu, wie sie langsam davonziehen auf dem Wasser, in das sich dicke Graspolster von den Uferrändern hineinschieben und Erlen verdoppeln, alles mehrfach grün und feuchtverschmiert. Es ist ein Bild, das mich an eine Kindheit erinnert, die ich nie gehabt habe. Im Sommer machen wir eine Fahrt auf der Niers, hattest du gesagt. Jetzt ist der Sommer bald vorbei. Wir sind nicht dazu gekommen. Ich fahre mit deinem Fahrrad und probiere aus, was ich dir sagen möchte, oft dir gesagt habe, so oder anders. Ich schreie die Sätze fast, während ich mit dem Fahrrad schneller fahre, sie sollen nicht mutlos klingen. Ich übe sie

hier, wo nichts als Natur mich umgibt, die nicht reagiert, was immer uns auch geschieht, so wie du nun nicht reagierst, verharrst in einer mir fremden Natur, alle meine Worte fallen läßt. Sie werden zu Dingen, die ich gleich wieder forträumen möchte, sind Wegzeichen, die ich mir setze, als hätte ich mich verirrt, während ich versuche, dir zu folgen.

Im Krankenhauszimmer ist alles zweckmäßig, nichts überflüssig, bis auf die Blumen, die ich dir gebracht habe, und das Foto vom Haus, das ich auf den Nachttisch stellte. Nächstens werde ich dir mehrere Fotos bringen, damit du weißt, es gibt Entsprechungen für vieles, was du nun in deinen unruhigen Träumen triffst und von dem du vielleicht meinst, es sei imaginär. »Hast du Schmerzen?« Ich streichele drucklos mit den Fingerspitzen über seinen Verband. »Bitte, bewege deinen Kopf, wenn du mich verstehst.«
Aber er schaut an die Decke, als sähe er dort etwas, das ihn fesselt, während ich, seinem Blick folgend, nichts entdecke. Nur die weiße Glaskugel hängt dort, typische Lampe aus den dreißiger Jahren, als dies Krankenhaus gebaut wurde.
Das Foto zeigt das Haus im Winter. Es ist die einzige Jahreszeit, in der man es vollständig aufnehmen kann, da die Bäume dann ihre Blätter verlieren und den Blick freigeben auf die langgestreckte Front.
»Du wirst nach Hause kommen.« Auf Anraten des Arztes spreche ich einfache Sätze, wiederhole sie, damit er sie leichter erfassen kann. Vielleicht löst sich dann ein Wort für ihn verständlich heraus, um in ihm etwas Bekanntes zu erwecken, ruft ein Echo hervor, das sich fortsetzt, umsetzt in eine Bewegung, eine Lawine aus Wörtern. Doch nichts geschieht.
»Ich bin Anne«, sage ich, weise dann auf das Foto: »Das ist dein Haus. Laß uns ganz ruhig sein. Versuch den Satz zu wiederholen.« Je früher er wieder zu sprechen beginnt, desto geringer die Gefahr, daß er die Sprache nicht mehr zurückgewinnt. Jetzt muß er beginnen, sich wieder zu fassen. Trittfassen in Worten, denk ich, aus dem Tritt in Reih und Glied. Nun tarnt ihn das Schweigen, bleibt zwischen uns. »Laß mich nicht zurück«, bitte ich und fürchte mich vor etwas, das völlig undenkbar ist und wahnsinnig.
Es sind meine Worte, die ins Leere hinabfallen, und ich

horche, wann sie aufschlagen werden, ein Echolot, das keinen Grund signalisiert. »Such einen Weg für uns.«
Ich wiederhole nicht mehr: »Ich bin Anne.« Vielleicht könnte es ihn kränken, wenn ich so mit ihm rede. Die weiße Wand gegenüber dem Fenster hat einen grünlichen Schimmer, das Licht bringt die Farbe der Bäume von außen mit hinein. »Wenn du wieder aufstehen darfst, werden wir hinausgehen und die Bäume beim Namen nennen. Wie vor einem Jahr, als du mir das Haus zeigtest, die verlassenen Stallungen, die Gärtnerei und die Freibeete. Geduldig antwortetest du mir, wenn ich fragte: Was wächst dort? – Hörst du mich? Laß dich nicht forttreiben. Weißt du noch, wie wir im Haus die vier Zimmer für uns freiräumten und ein Feuer im Garten machten? Es brannte die halbe Nacht, und die Nachbarn kamen mit ihren drei Kindern, und Karl Anton kam mit Ida, die auf seinen Schultern saß. Am nächsten Tag stellten wir den Tisch hinaus und aßen draußen, hielten es so die nächste Zeit. Es war ein trockener, schöner Sommer. Erinnerst du dich?«
Was immer ich auch sage, er hört nicht zu. So bleib' ich untätig bei ihm sitzen, falle in sein Schweigen ein. Wenn wir draußen saßen, damals im ersten Sommer, da wußten wir, daß wir endlich angekommen waren. Müde von der ungewohnten körperlichen Arbeit, warteten wir darauf, daß es dunkel wurde und die Fasane sich zum Schlafen auf den oberen Ästen der mageren Birke versammelten. Kümmerlich verwachsen stand sie zwischen dem dichten Laub der Ahornbäume.
Plötzlich weint Martin, beginnt zu schreien und bäumt sich in seinem Bett auf, und ich lege mich auf seinen Körper, um ihn zu beruhigen, und heule wortlos.

Nachts lasse ich das Licht im Flur brennen und die Tür dahin geöffnet. Im Dunkeln ist es mir sonst, als läge ich in einem Resonanzboden, alles, was jemals hier war, scheint dann anwesend zu sein. Dabei weiß ich, ich bin hier allein, führe nur für mich in meinem Kopf eine ungeduldige Fehde gegen den lautlosen Zerfall, der mit einer plötzlichen Wendung uns jetzt erreichen will.
Früher war ich niemals allein nachts im Haus gewesen, immer war Martin dageblieben. Er wird zurückkommen,

wiederhole ich mir. Es war ihm wichtig, hier zu sein. Warum sonst hätte er im vorigen Jahr begonnen, wiederherzustellen, was er die Wirklichkeit des Hauses nannte. Nach und nach wollten wir das Haus restaurieren, wie es gewesen war, damals zur Zeit des Festes, als es die Schaukel noch gab. Wir werden die Schaukel wieder anbringen.

Monatelang, bis ich Martin zur Beerdigung seines Vaters begleitete, sah ich das Haus so, wie er es mir geschildert hatte, aus der Perspektive eines siebenjährigen Jungen, der am Abend seines Geburtstages auf der Schaukel saß, die sein Vater ihm im Garten zwischen zwei nah beieinanderstehenden Wildkirschen an zwei langen Seilen aufgehängt hatte. Jedes Seil war mehr als fünf Meter lang und nicht an einem Balken befestigt, sondern jeweils eins an einem der Bäume. Sie wurden zusammengeführt durch das schmale Brett, auf dem Martin saß. Er schaukelte immer weiter ausholend, glitt abwärts und wieder hochgehoben über die Thujabüsche, deren düstere Gruppe er fast mit den Füßen streifte, bevor er sich erneut zurückstieß, um höher zu gelangen. So entfernte und näherte er sich abwechselnd dem, was er unverwandt anstarrte, was sich im verdunkelnden Grün, hinter den zu Schatten zusammengeballten Sträuchern am Ende des Rasens abhob durch einen Streifen nebeligen Glanzes und nun der Mittelpunkt des schlafenden Erdkörpers war. Alle Fenster des Hauses waren erleuchtet, und das Licht fiel heraus, diffus, als würde es zerstäubt, traf auf die vier Magnolienbäume, die nah vorm Haus standen und deren oberste Zweige das Dach schon erreichten, und zeichnete die Konturen nach unter locker voreinander gehaltenen Blättern, während die Mauern fest und doch durchschimmernd sanftgrau wie aus Asche waren. Je genauer er hinsah, desto deutlicher wurde das Unwirkliche. Er sah Menschen sich hinter den Fenstern bewegen und verschwinden, und das alles erfüllte ihn mit Verlangen und Lust. Er wünschte, bei ihnen zu sein, und wollte doch das Bild, das er vor Augen hatte, nicht verlieren.

Er schaukelte, und das Haus war ein erleuchtetes Passagierschiff, das nachts am Horizont auftaucht und lautlos vorbeizieht, bewundert von einem, der an der Küste am Strand sitzt. Innen tanzte man, und er meinte die Musik zu hören. Alles war vollkommen, ganz und gar künstlich, und er

sprang von der Schaukel, um es zu erreichen. Er lief über den Rasen, öffnete die Tür und trat in das Haus, ging durch die helle Diele und dann von einem Zimmer ins andere. Sie waren gelassen schön und entsprachen so dem, was er von außen gesehen hatte.
Er stand zwischen den Gästen, sprach kaum mit ihnen, genoß nur ihre Anwesenheit. Manchmal sah er zum Fenster hinaus, aber die Dunkelheit wehrte seinen Blick ab.
Das war 1942 gewesen, bevor Martins Vater eingezogen wurde. Zwei Jahre danach fielen Brandbomben auf das Haus, und das Feuer zerstörte die Gartenseite, die später notdürftig wieder hergerichtet wurde. Die Magnolienbäume erfroren im kalten Winter 1946, zur selben Zeit, als man die Diele durch Trennwände aufteilte in einen Flur und drei kleine Zimmer, um die Leute besser unterbringen zu können, die am Ende des Krieges hierhergeflüchtet waren.
Solange das Haus noch so besetzt war, nahm niemand seinen Zerfall wahr. Es wurde benutzt als Unterschlupf, Behelfsquartier, bot Schutz mit seinen vielen Räumen unterm Dach, im Mittelgeschoß und im Keller, wo die Küche war und die Vorratsräume, in denen Stroh als Lager für die zuletzt Angekommenen aufgeschüttet worden war. Überschwemmt war es von der Katastrophe. Niemand schloß je die Haustür ab, zu viele Leute wohnten hier, die keinen Schlüssel besaßen. Sie erfüllten das Haus mit ihren Stimmen und heftigen, einander widerstreitenden Gerüchen. Die kleinen Kohleöfen, die überall aufgestellt worden waren, qualmten, und dort, wo kein Schornstein war, gingen die Rohre zum Fenster hinaus, durch zerschlagene Scheiben, die mit Pappe abgedichtet wurden. Es stank nach gekochtem Kohl und Rüben und nasser Kleidung, die zum Trocknen an Drähten über den Töpfen hing, nach menschlichen Ausdünstungen und nach den Lebensmitteln, die in Kartons unter den Betten gehütet wurden vorm Zugriff des Nächsten. Wenige hatten mehr als ein paar Taschen und einen Koffer mitgebracht. Die Koffer dienten als Schränke, weil man die meisten Schränke, die es im Haus gegeben hatte, als Särge benutzte, bis man dazu überging, die Leichen in Papiersäcken zu beerdigen, die von der Kreisverwaltung gestellt wurden. Die Gardinen wurden abgehängt, und die Frauen nähten daraus Hemden und Kleider. Im Garten wurde Gemüse

angepflanzt, und die Bäume wurden bis auf wenige Obstbäume abgeholzt. Nur die Eichen der Allee widerstanden jedem Angriff, sie abzusägen, weil zu viele Granatsplitter in ihrem Holz steckten, so daß jedes Sägeblatt splitterte. Nachträglich blieb diese Zeit Martin in Erinnerung vor allem durch die grobe Hast, mit der die Zerstörung des Hauses voranging, und zugleich behielt sie eine Faszination für ihn, da er damals langsam der Kindheit entkam, ohne sie schon verloren zu haben.

Damit begannen seine Aufzeichnungen, die ich hier vorfand:

Endlich waren es mehr als vierzig Menschen, die sich in unser Haus geflüchtet hatten und fürs erste dort auch blieben, weil sie nicht wußten, wohin sie sonst gehen sollten. Obwohl längst nicht mehr geschossen wurde, glich unser Haus noch immer teilweise einem Lazarett, teilweise einer Garküche, aus der die Gäste nie fortgingen, sondern wo sie auf dem Boden schliefen. So schwerfällig, wie wir zu Beginn des Krieges begriffen hatten, daß wir tatsächlich betroffen sein könnten, so zögernd erfaßten wir nun, daß alles vorbei war. Entlassen aus der allgemeinen Geschichte wieder in die private, suchte man danach, wie sie am besten einzurichten sei, ohne den Zwang übergeordneter Absichten. Jeder konnte seinen Posten verlassen und zu seinen Geschäften zurückkehren. Die Asche mischte sich unter die Erde, die Straßenzüge im Ort wurden freigelegt. Man begann, die Häuser wieder aufzubauen mit den Steinen, die man aus den Ruinen herausgeschlagen hatte, war so beschäftigt mit dem Notwendigen. Damals schienen die Erwachsenen mir ähnlich zu sein, indem sie alles mit der Aura des Außerordentlichen, Einmaligen umgaben, das die Wirklichkeit durchdrang und der Wichtigkeit des Lebens gerecht wurde, nun, da sie überlebt hatten. Jeder Tag war bedeutsam, jeder Brief, der ankam, jeder Einkauf, jedes Essen. Wenn sie aßen, waren sie tatsächlich fast ausschließlich mit dem Essen beschäftigt. Das war mehr, als wenn ich sagen würde, sie genossen es. Sie waren einfach nur bei der Sache, die sie taten, und das war mir vertraut.

Sobald es wärmer wurde, stellten wir Tisch und Stühle vors Haus, so wie auch sonst in jedem Frühling, und warteten auf jene, die zurückkommen würden. Meine Mutter legte sich ins Bett und kam damit ihrer kränklichen Schwester zuvor, die nun für den Haushalt zu sorgen hatte. Selbst am Tag lag sie im verdunkelten Zimmer und behauptete, ihre Beine nicht mehr bewegen zu können. Nur manchmal, wenn sie meinte, niemand bemerkt es, stand sie eilig auf, um irgendein Kleid in ihr Bett zu retten, von dem sie in langen, qualvollen Stunden gefürchtet hatte, es sei von einer der Flüchtlingsfrauen gestohlen worden.

Die Männer gingen mit meinem Vater aufs Feld, und wenn sie mich nicht brauchen konnten, ging ich mit dem Handwagen in den Reichswald, um Holz zu besorgen. Meistens kamen die beiden Mädchen mit, die einzigen Kinder, die außer mir zu der Zeit auf dem Hof waren. Gemeinsam mit ihnen fand ich die drei Soldaten.

Wir hatten den Wagen schon voller sperriger Äste geladen und waren auf dem Heimweg, zogen quer durch den entblößten, kahlgeschlagenen Wald, in dem nur noch einige zerfetzte, versengte Bäume aufrecht standen, während andere schräg ineinander lehnten, zusammengebrochen sich gegenseitig auffingen, astweise absterbend und dann unvermutet neu ausschlagend.

Ein überraschendes Grün tauchte hier und da auf, noch spärlich, da es früh im Jahr war. Wir hielten uns auf den Spuren, die andere Holzsammler gezogen hatten, wichen nur einmal davon ab, um abzukürzen, damit wir rechtzeitig nach Hause kamen zum Unterricht, den uns eine der Flüchtlingsfrauen am Abend gab. Die Schule hatte noch nicht wieder begonnen. Wir achteten auf nichts als darauf, mit dem Wagen den Wurzelstrunken auszuweichen, schoben und zerrten ihn, bis wir plötzlich stillstanden, weil vor uns in einer Mulde die drei Soldaten lagen. Vielleicht hätten wir sie übersehen, wenn nicht der eine Tote einen Tarnanzug angehabt hätte.

Der Rücken seiner gescheckten Jacke ragte starr aufgebläht aus dem Laub und der verharschten Erde heraus, die sie alle drei umgab und zum Teil schon bedeckte. Ihre Köpfe lagen nah zueinander gewandt, mit dem Gesicht dem Boden zugekehrt, auf dem auch wir standen, nah bei ihnen.

Ihre Haare waren sonderbare Grasbüschel vom letzten Jahr, ihre Körper verwest.
Ich hatte angenommen, daß Tote etwas Friedliches haben, wenn sie endlich zur Natur zurückgekehrt sind. Jetzt sah ich, daß sie sich noch immer sperrten, uneins mit ihrem Ende, nur brüderlich nah beieinander, bildeten sie eine geheimnisvolle Einheit auf dem brüchigen Boden, der sich hier überall zu Granattrichtern vertiefte. Ich blieb ruhig, vielleicht weil die Mädchen dabei waren. Wir setzten uns auf einen gefällten Baumstamm in einiger Entfernung von den dreien, so als könnten wir sie nicht allein lassen, nachdem sie entdeckt worden waren. Ich nahm Einzelheiten wahr, zwei waren Amerikaner, einer war Deutscher gewesen. Einer hatte versucht, mit der rechten Hand seinen Kopf zu schützen. Ich dachte daran, daß ich gehört hatte, man müsse toten Soldaten ihre Erkennungsmarke abnehmen, damit die Angehörigen benachrichtigt werden konnten.
Während wir dasaßen und nichts geschah, hörten wir eine Rohrdommel und dann eine zweite, und plötzlich, ich weiß nicht warum, dachte ich an die Reiher in der Schilfzone des alten Rheinarmes und daran, daß jetzt keiner mehr Munition hatte, um sie zu schießen, so wie es in den früheren Jahren nur aus Spaß und Langeweile geschehen war. Als eins der Mädchen aufschluchzte und rief: Wir müssen doch etwas tun, ging ich wieder zu den Toten und beugte mich über sie und streifte vorsichtig mit den Fingern über den Stoff der Tarnjacke. Ich haßte den Tod so, daß mir vor den Getöteten in ihrem erbarmungsvollen Zustand nicht graute.
Es riecht sonderbar, sagte eins der Mädchen. Aber es roch herb nach Holz und nach vermoderten Nadelhölzern und Blättern, wie immer im Wald. Sie nahm nur an, daß die Toten röchen, weil sie es gehört hatte, daß es so wäre, wenn sie lange unbeerdigt blieben. Das war so, wie mein Gedanke gewesen war, ich müßte ihnen die Erkennungsmarken abnehmen, weil ich gehört hatte, daß man es täte. Natürlich mußten wir dies später tun, doch das war es nicht wirklich gewesen, was mich beschäftigt hatte im Angesicht der drei Männer, die hier getötet worden waren. Und durch so Vorgeschobenes wollte ich hin-

durch. Behutsam legte ich die vertrocknete Hand, die der eine noch immer abwehrend überm Kopf hielt, zur Seite, um ihn und mich zu beruhigen. Der Krieg war vorbei, und wir konnten uns gehenlassen, er und ich. Er war über den Tod hinaus, der ihn überwältigt und doch nicht vereinnahmt hatte. Selbst im Verfall haftete noch immer etwas von seiner einmaligen Existenz an ihm, kein Leben mehr, doch der Abdruck davon.

Unser Wagen war zu klein, um die drei mit nach Hause zu nehmen. So schoben wir Äste über sie und streuten darüber Laub, eine leichte Decke, da wir sie zurücklassen mußten. Dann zogen und drückten wir unsere Holzfuhre bis zur Straße, wo wir aufatmend stehenblieben. Als wir zurücksahen, war die Nacht schon im Wald, verdichtete ihn immer mehr, je weiter wir uns von ihm entfernten. Am Ende, bevor ich ihn bei einer Biegung der Straße aus den Augen verlor, war er eine dunkle Barriere zwischen Feldern und Horizont.

Am nächsten Tag wurden die drei Soldaten beerdigt, getrennt voneinander wie Feinde. Die beiden Amerikaner auf einem Feld, das später zu einer Kriegsgräberstätte ausgebaut wurde, mit genormten Kreuzen und einem Brunnen in der Mitte, ein Sinnbild des ewigen Lebens oder der Vergeblichkeit.

Der deutsche Soldat wurde auf dem Gelände begraben, das zur Erweiterung des alten Friedhofes freigegeben worden war.

Wochenlang sprach ich mit niemandem über die Toten, obwohl sie für mich anwesend blieben. Ich brauchte nur die Augen zu schließen, um sie wiederzusehen, weit entfernt freilich, wie durch einen Graben von mir getrennt, dabei waren sie doch in meinem Kopf.

Später erzählte ich Josef von ihnen, da saßen wir am Waldrand, und ich besserte Kaninchenfallen aus. Ich sah über das Feld vor uns, auf dem die Saat schon eine Handbreit hochgeschossen war, und in der Ferne fuhr ein Radfahrer, und hinter seiner Straße hörte die Erde auf, und auch der Himmel endete dort. Wir waren eingeschlossen wie in einem Bild, wo jedes Dargestellte Teil hat am andern, nur mit ihm zusammen ein Ganzes bildet.

Die Äste mit dem Laub hatten wir über die drei Getöteten gelegt wie ein Gefieder, und das hatte mich beruhigt, als könnten sie auferstehen darunter. Ich hörte Äxte im Wald und war froh, während ich Josef sagte, meine Meinung sei, daß niemand und gar nichts abstirbt für immer. Josef lag langausgestreckt auf dem nadligen Boden neben mir. Er legte sich in dieser Zeit überhaupt viel hin, war ja auch wegen großer Schwäche frühzeitig aus der Kriegsgefangenschaft entlassen worden, und lächelte nun: Du hast Schiß gehabt, sagte er, mein kleiner Bruder sieht ein paar Mumien, und schon muß er sich was ausdenken, um damit zurechtzukommen. Doch Tote beweisen gar nichts, sind einfach weg. Er stützte sich mit den Armen auf und schnippte mit den Fingern, als schösse er Brotkrümel über den Tisch.

Da bleibt nichts nach, sagte er. Und nun war er, trotz seiner Schwäche, die ihn jetzt mit siebzehn Jahren fast unkenntlich wie vierzehn aussehen ließ, wieder mein Bruder, so wie ich ihn früher gekannt hatte, als er kräftig war, ein stämmiges Kind und beherrscht von Gesundheit. Immer noch war er ganz nüchtern und ein wenig flott dabei. Trotz allem, was geschehen war, nichts hatte sich tatsächlich verändert ...

Tagsüber bin ich im Krankenhaus. Die Schwestern bewegen sich mit lebhafter Geschäftigkeit, wie an Fäden von den notwendigen Gewohnheiten gezogen. Sie wiederholen das Ritual vom frühen Wecken bis zur letzten Tablettenausgabe vor der Nacht, halten sich pünktlich ans Immergleiche, bewegen sich so in einem Netz, das sie selber mitherstellen.

Nur weil Martin allein liegt, ist es mir erlaubt worden, auch außerhalb der Besuchszeiten bei ihm zu sein. Ein besetzter Besucherstuhl dem Bett gegenüber. Martin horcht auf das Geräusch des Thermoswagens, der sich im Flur etappenweise nähert. Als die Essensausgabe vor seiner Tür ist, verliert er das Interesse, beobachtet die Schwesternhelferin nicht, die mit dem Tablett ins Zimmer kommt und das Tischbrett mit einer Hand quer zu seinem Körper schiebt und mit der anderen das Tablett vor ihm hinstellt. Dann hebt sie die Kopfstütze leicht an, damit er bequemer essen kann. Das Essen ist kleingeschnitten. Noch kann er die rechte Hand

nicht bewegen, ich gebe ihm die Gabel in die linke Hand. Die Tür schließt sich, und wir sind wieder allein.
Er schluckt etwas von dem Tee, wenn ich ihm die Tasse an die Lippen bringe, doch ißt er nichts, kneift nur die Augen zusammen, sobald ich nun mit dem Löffel seine Lippen berühre.
»Komm, du mußt essen«, sage ich und probiere das Essen, »es ist nicht schlecht.«
Er verfolgt meine Bewegungen, wendet sich dann ab.
»Bitte, fang an«, wiederhole ich, »sonst kommen wir hier nie mehr heraus.« Ich streichele seinen linken Arm, die Hand, welche noch immer die Gabel hält. Doch er wirft sie weg, sieht mich widerwillig an. Sein Gesichtsausdruck verändert sich, wie ich es niemals zuvor bei ihm sah.
Als Schwester Zilla kommt, um das Tablett zu holen, und bemerkt, daß er nichts gegessen hat, schickt sie mich aus dem Zimmer. »Wenn das mal gut geht«, sagt sie, nicht ohne Mitleid.
»Ich hole ihn nach Hause«, antworte ich. »Wir geben uns nicht auf.«

Nach einer Premiere trafen Martin und ich uns das erste Mal. Es war im Februar, einem Monat, in dem die Stadt zuweilen abstoßend fremd wirkt, selbst für mich, die ich in ihr großgeworden bin und sie bis zum Ende der Schulzeit niemals verließ. Abgesehen von einigen Sonntagsausflügen an den Stadtrand, bei denen die Eltern sich ins Gras legten, kaum waren wir aus dem Bus gestiegen und etliche hundert Meter weit gegangen. Ich zog Schuh und Strümpfe aus und lief umher, wie ein Tier an Pflock und Schnur gebunden, in Rufweite von den Liegenden. Natürlich war mir nur die Stadt, die Wohnungen Wand an Wand, die geometrisch abgestochenen Höfe, die Häuser direkt an der Straße, unser Balkon, der Austritt in die Luft. Von dort aus sah ich hinab auf die Leuchtreklame vom Kino »Olympia«. Der Himmel war meistens eine Folie hinter den Dächern. Ging ich hinunter, sah ich die Leute an, die zielstrebig in entgegengesetzte Richtungen gingen, mich begleiteten, mich verließen, neben mir waren in wechselnder Gestalt. Ich war beeindruckt von ihrem Leben, betrachtete ihre Gesichter, wenn sie mir gegenüber in der Straßenbahn saßen, hörte halbe Sätze, Ausrufe, beobachtete ihre Gesten, wie sie die Tasche auf dem Schoß hielten, die Zeitung zusammenrafften, gähnten, vor sich hinsahen, als verlören sie die Zeit aus den Augen, und alles nahm mich für sie sein, obwohl ich nie genaueres über sie erfuhr.

Es war nicht so, wie meine Mutter sagte, die am liebsten Reiseprospekte las: »Man will immer woanders sein«, wobei sie sich selber meinte. Schon lange traute sie sich nicht mehr zu, direkt von sich zu sprechen.

Ich wünschte nur, hier in der Stadt zu sein, abends zum Beispiel, wenn die Autos langsam vorbeifuhren und einen Parkplatz suchten, und ich ins Theater lief, um dort das zu finden, was alles verband und darüber hinauswies. Es war Tollkühnheit und Schüchternheit zugleich, daß ich Schauspielunterricht nahm und zum Theater ging, als könnte ich dadurch Anteil haben am Leben der anderen, die ich, seit ich klein gewesen war, immer so nah und doch so getrennt von mir gesehen hatte.

Eine bestimmte blasse Färbung des Himmels, der Katzengeruch auf der Treppe, das Foto von Anna Magnani (sie saß ganz in Schwarz, mit einer glänzenden Kette um den Hals, auf dem Portiersstühlchen im Torbogen ihres Palazzos), ein junger Mann, der vorbeiging und mich anlächelte, die karmesinrote Eisenbrücke über den Gleisanlagen des Bahnhofes, ein Paar im Café, durch die Scheibe von einem alten Mann angesehen (der unbeweglich stand und einen Zweig im Mund hielt), der Autounfall vor unserem Haus und das Geräusch des Schneidbrenners dann, die Äxte, die den Kirschgarten abholzten, der dunkle Zuschauerraum, in dem ich saß und auf den Beginn der Hauptprobe wartete ... alles bildete eine einzige Geschichte, die ich so oder anders zusammensetzen oder ausweiten konnte, und in die ich Geräusche, Gerüche und Farben mischte, so daß sie feierlicher und bedeutsamer erschienen als die natürlichen.

Das so Ausgedachte war stets folgerichtig, ein Kosmos für sich, in dem prophetische Träume aufgeführt wurden, die immer wieder ein Ganzes bildeten, von dem ich erhoffte, daß es meine leidenschaftlichen Erwartungen einlösen und mich inniger allem verbinden könnte. Freilich vergeblich. Ich war ausgesperrt. Bestürzt bemerkte ich, daß alles, was ich erfaßte, Gespiegeltes war, mich entfernte vom Leben, das die Leute führten, die morgens mit einer Aktentasche ins Büro gingen, mittags im »Wienerwald« aßen oder abends in der Altstadt Tuchfühlung haltend am Tresen standen, in fast wortloser Kommunikation. Ich stellte mich zu ihnen, sah, wie sie tranken, die Zigaretten in die übervollen Aschenbecher drückten, hörte der Musik zu, die lärmend aus der Musikbox die ganze Szene überschüttete, welche trotz der Bewegungen der hinein- und hinausgehenden Gäste zu verharren schien. Ich stand ungeschickt daneben.

Ich traf Martin nach der ersten Vorstellung vom »Wintermärchen«. Noch während die Besucher aus dem Theater kamen, verließ ich es durch den Bühnenausgang, um der Premierenfeier zu entgehen, den übertriebenen Gratulationen, die ich immer schlecht ertragen konnte, obwohl ich die Notwendigkeit solcher Beschwichtigungsriten einsah. Früher, als ich mit einem Schauspieler zusammengelebt hatte, war ich zuweilen zu solchen Festen mitgegangen, hatte bemerkt, wie der Aufwind der gegenseitigen Bewunderung uns alle noch ein wenig in Fahrt hielt, uns so sanfter aus der Spannung herausbrachte. Jetzt vermied ich dies, zog mich nur hastig um und lief fort, ohne mir die Zeit genommen zu haben, mich abzuschminken. Martins Auto stand neben meinem auf dem Parkplatz, ein alter Alfa Giulietta. Er öffnete seine Tür, als ich meine öffnete, und da sahen wir uns an.

»Schade, daß ich nicht mit Ihnen fahren kann«, sagte er, und ich fragte: »Warum?«

»Weil ich noch keine Lust habe, allein zu sein.«

Er wird mich nicht gehen lassen, dachte ich bestürzt und blieb doch stehen.

»Wir könnten einen Kaffee trinken«, sagte er und wies auf eine Kneipe, die an der Ecke des Parkgrundstückes stand. Die Fenster waren verhangen mit dunklen Vorhängen, die nur wenig Licht nach draußen ließen. Ich zögerte, und er schloß die Tür seines Autos und kam zu mir.

»Wenn man uns da einen Kaffee macht«, sagte ich und ging schon mit ihm.

»Ich erinnere mich noch, als hier Ruinen standen«, er wies über den Parkplatz, »damals war das Haus hier das einzige, das stehengeblieben war. Auch die Kneipe gab es schon.«

»Ich erinnere mich nicht.«

Er sah mich an. »Nein, woher auch.«

Und so begann alles an diesem Abend, das Zusammenknüpfen von seiner und meiner Geschichte und unserem Verlangen, sie aufzubrechen. Auch wenn es zuerst nichts als ein zufälliges Treffen zu sein schien, begünstigt durch die ruhige Dauer der Nacht, mein noch immer als Nina geschminktes Gesicht ihm zugewendet, das gelblich abgedunkelte Licht in der Kneipe, die verjährte Beatmusik, die der Wirt laufen ließ. Ein Geruch nach Zärtlichkeit plötzlich, alles wie eine Aufforderung, daß jetzt etwas geschehen müßte.

»Wenn ich mich abschminke, sehe ich anders aus«, sagte ich.

»Sicher, aber es gefällt mir«, antwortete er, »dann habe ich noch viel zu entdecken. Mußte ich als Junge mit in die Kirche gehen, habe ich immer die Mädchen angesehen, die weit vor mir saßen. Ich suchte mir jene aus, deren Haare und Schultern und Kleider ich mochte, und stellte mir ihre schönen Gesichter vor. Nach der Messe wartete ich ungeduldig an der Tür, um sie endlich von vorne ansehen zu können.«

»Waren sie schön?«

»Nicht so sehr.«

Wir sprachen langsam und leise, als wären Worte nicht eben gerade notwendig, ergäben sich nur. Der Wirt hantierte hinter der Theke und sah manchmal zu uns hinüber. Wir waren die einzigen Gäste.

Er sagte: »So möchte ich nun immer hier sitzenbleiben.«

2

Etwas anfangen. Zum Beispiel das Haus in den Zustand versetzen, so wie es gewesen war, als es gebaut wurde. Räume wiederherstellen, so daß sie schön sind durch die Proportionen der Wände und Fenster zueinander und ihrer Höhe. Ich sehe die Pläne an, die Martin zuletzt gezeichnet hat. Aufrisse nach der Beratung mit dem Architekten. Tagelang waren wir mit ihm auf dem Boden und im Keller gewesen, um festzustellen, welche Wände eine tragende Funktion hatten und welche später, schon zu Anfang dieses Jahrhunderts, dazugekommen waren.

Ich fahre zu dem Architekten, weil Martin sich mit ihm schon seit langem fest verabredet hatte, wie ich in seinem Kalender sah. Es ist das erste Mal seit seinem Unfall, daß ich das Haus verlasse, ohne die Richtung zum Krankenhaus einzuschlagen, fahre in Richtung auf Lueben zu und biege kurz vorher nach Nidderden ein. Die Dämmerung hat schon alle Farben aufgesogen, und in den Bürofenstern brennt Licht.

»Die zweite Ausbauphase also«, sagt er und greift eine Akte heraus, nachdem ich ihm erklärt hatte, warum ich allein gekommen bin. »Ohne große Veränderungen läßt sie sich nicht durchführen, das wußte Ihr Mann.«

Obwohl sie wissen, daß wir nicht verheiratet sind, gelten wir hier in der Gegend als Mann und Frau, das vereinfacht vieles. Es scheint klar zu sein, daß wir es nur für überflüssig halten, die Formalitäten zu vollziehen.

»Diese Wand muß eingerissen werden und jene«, er weist mit dem Finger auf den Plan, fährt die beiden Striche entlang, die Wände markieren, mit denen die Diele noch immer unterteilt ist. Eine Diele, die früher von der Eingangstür bis zur gegenüberliegenden Wand Raum hatte, und bei der die Fenster neben der Tür ihre Entsprechung in den gegenüberliegenden fanden. »Er wollte es in diesem Herbst machen lassen.«

»Ich würde gerne damit anfangen, da er es sich wünschte.«

»Wir sollten seine Zustimmung haben«, sagt der Architekt,

und da er wohl schon genaueres über Martins Zustand gehört hatte, als ich ihm sagte, setzt er hinzu: »Kann ja auch schriftlich sein.«
»Es ist ihm nicht möglich, zu schreiben«, antworte ich, »überhaupt nicht. Aber ich würde ihn gern, wenn er heimkommt, damit überraschen, daß wir angefangen haben.«
Der Architekt sieht wie ein übermüdeter Mann aus, der bemerkt, daß sein Arbeitstag stets zu lang ist. Auch wird die Wiederherstellung alter Häuser für ihn immer mehr zu einer Nebenbeschäftigung, die er sich kaum noch leisten kann. Zudem hat er den Bau der Anlagen für den Flughafen übernommen, eine Aufgabe, für die sein Büro ohnehin unterbesetzt ist.
»Das kostet alles viel, will man es nur halbwegs ordentlich machen.«
Er hat recht, mein eigenes Geld würde kaum reichen, um mit ein paar Schwarzarbeitern nur ein Viertel der vorgesehenen Umbauten auszuführen. »Wie lange wird es dauern, bis Ihr Mann wieder gesund ist, was sagen die Ärzte?«
Ich zucke mit den Schultern, sitze gekrümmt da, als ob ich friere, dabei ist es eine milde Nacht. Ich merke es, als ich wieder hinausgehe. Plötzlich habe ich es sehr eilig, nach Hause zu kommen, in Martins Nähe, die noch immer anwesend im Haus ist. Und während ich fahre, die schwarzen Bäume seitlich der unbelebten Straße mit dem Scheinwerferlicht kaum streife, ab und zu ein Schild sehe, das auf eine Ortschaft weist, nehme ich das gleichmäßige Motorengeräusch wahr, das mich begleitet, und könnte mich beruhigen. Aber es ist nicht so. Je länger ich fahre, desto mehr wächst die Furcht, überfällt mich hier im nächtlichen, lauen Schönen, trügerisch Friedlichen und zerschlägt jede wohlkonstruierte Zuversicht. Das ist nicht mehr das körperlich spürbare Gewicht der alptraumartigen Angst, mit der ich morgens schon aufwache, sondern nun ist es die Einsicht, daß die Zerstörung uns beide ergriffen hat. Die Körper bieten kaum Widerstand, leicht verletzbar zerfallen sie, noch während wir sie spüren, und das, was wir unser gemeinsames Leben nannten, ist dann nichts als ein Bild, das sich als Luftspiegelung noch eine Weile hält, um uns zu beschwichtigen. Es nützt nichts, daß ich schneller fahre, den Fuß fest aufs Gaspedal trete und jetzt die ersten Häuser am Ortsrand sehe.

Als ich zum Haus komme, ist es erleuchtet. In allen Zimmern brennt Licht und fällt heraus auf den Rasen und auf die Blätter der jungen Magnolienbäume, die wir gepflanzt haben.

Ein Abend wie zu Beginn des Sommers. Noch einmal bekommen wir alles zurück, wozu sonst die Festbeleuchtung und die geöffneten Fenster, die hinausweisen. Ich halte vor der Garage, stelle den Motor ab, erwarte wider alle Vernunft, daß Martin mir entgegenkommt, seine Arme um mich legt, noch während ich aussteige. Ich stehe auf der Erde, sein Körper an meinem, ich taste ihn ab mit den Händen. Die Nacht um uns herum ist sandig. Die Tür des Wagens fällt hinter mir zu, ich weiß, daß Martin nicht gekommen sein kann. Es ist Josef, der unangemeldet während meiner Abwesenheit ankam, Josef mit seiner Frau Britta.

Sie fanden unseren Ersatzschlüssel, wo er immer hingehängt wurde, in der Nische unterhalb der doppelläufigen Treppe, die mit fünf Stufen zum Eingang hinaufgeht. Er hängt dort neben dem Wasserkran verborgen im Gestrüpp der Clematis, die am Geländer hochrankt.

Sie stehen im Flur, als ich komme, und so bin ich der Gast, der mit ihnen hineingeht, nun in der Küche am Tisch sitzt und Tee trinkt, den Britta schon gemacht hat.

»Wir dachten, wir fänden Sie im Krankenhaus«, sagt Josef, »wir sind natürlich zuerst dorthin gefahren. Aber Sie waren schon weg.«

»Ich hatte was zu erledigen.« Was soll ich ihnen von dem Gespräch mit dem Architekten erzählen, von Martins Absichten mit dem Haus.

Josef sieht mich gleichgültig und genau an, begutachtet mich, wie damals, als wir uns das erste Mal trafen, beim Essen nach der Beerdigung des Vaters, und ich ihm gegenüber neben Martin saß; Britta war nicht dabeigewesen. Sie ist eine korpulente Frau, deren blaue Augen ausdruckslos sind und sich leicht röten bei jeder gefühlvollen Regung, wie eben jetzt, da sie von Martin spricht: »Der arme Kerl«, sagt sie mehrmals und sieht mich an, als habe sie mir etwas voraus, so nah dem Weinen. Ich ermuntere mich immer, in Frauen meine Schwestern zu sehen, vielleicht gerade weil ich nie eine hatte, aber bei Britta fällt es mir schwer. Und doch bin ich dabei gewiß zu voreilig. Später wird sie mir erzählen,

während Josef allein noch im Garten herumgeht, wie sie bei Martin am Bett saßen und Josef den Bruder schüttelte, der nur Unverständliches sprach. Dabei hatte der Arzt zuvor gesagt: »Wenn Sie ihn sehen, reagieren Sie normal, sprechen Sie ganz gleichmäßig.« Britta hatte sich gefragt, warum der Arzt auf dem Flur so viel über Martin reden mußte, bevor sie die Tür zu seinem Zimmer öffneten. Das zerrte an ihren und vielleicht auch an Josefs Nerven, denn plötzlich, sie saßen noch gar nicht lange bei ihm, faßte er Martin an den Schultern und schüttelte ihn, sprach immer lauter und schrie endlich, als wollte er so aus sich selber herauskommen.
»Du darfst dich nicht aufregen«, rief Britta, doch hörte Josef so wenig auf sie wie Martin auf ihn. Keiner sagte irgend etwas, das den anderen erreichte. Es war eine erbärmliche, trostlose Situation, in der jeder sich vom anderen absetzte. Die Worte hatten verspielt, die sie miteinander verbunden hatten, aufgelöst war dies unauffällige Geflecht, das ihre Zuneigungen und Gewohnheiten, Streitigkeiten und Späße, Haß und Langeweile zusammengehalten hatte.
»Du treibst es zu weit«, sagte Josef plötzlich ernüchtert zu Martin und schlug fest auf seine eigenen Knie, um von Martin ablassen zu können, und Britta rief noch immer: »Hör auf! Hör doch endlich auf!« während der Kranke längst verstummt war und sie betrachtete, »als käme er ganz woanders her«, wie Britta zu Josef sagte, als sie das Krankenhaus verließen, ruiniert, weil sie kein Wort mehr wußten, auf das es ankam.
»Er muß in ein Rehabilitationszentrum«, wiederhole ich, »jeder Tag, der so verstreicht, befestigt diesen Zustand.« Und ich denke, er ist verschüttet, einer, der in einer Luftblase im eingebrochenen Erdstollen liegt und dessen Klopfzeichen wir hören.
»Der Kostenträger muß erst mal festgestellt werden«, erklärt Josef, »auch soll es schwierig sein, einen Platz in solch einer Einrichtung zu bekommen.«
»Der Arzt meint, vielleicht sei sein Fall auch zu gravierend«, Britta sagt das unbetont, so als verschwiege sie es lieber, sagt es aber doch, kann es nicht lassen. Sie wechselt mit Josef einen Blick, während ich mir Tee einschenke.
Josef steht nun beim Glasschrank, den wir aus dem früheren Wohnzimmer in die Küche gestellt haben. Er öffnet die Tür,

nimmt eine silberne Schale heraus, dreht sie in Händen und stellt sie wieder hinein, als mache er Inventur.
Ich stehe auf und beziehe für sie die Betten in unserem Schlafzimmer. Dort stehen schon ihre Koffer. Dem Gepäck nach wollen sie länger bleiben.
»Es macht Ihnen doch nichts aus, wenn wir hier schlafen?« fragt Britta.
»Ich werde in Martins Arbeitszimmer schlafen.« Sie begleitet mich und sitzt bei mir, als ich mein Bett mache, während Josef durch den Garten geht. Ich beobachte ihn durch das geöffnete Fenster, wie er draußen herumgeht, mit dem Fuß einen Stein vom Weg stößt, stillsteht und zum Haus sieht, weitergeht, einen vertrockneten Zweig von einem Baum bricht und dann für mich nicht mehr zu sehen ist.
Etwas später ruft er nach Britta. Seine Stimme klingt herrisch, als wiese er die Dunkelheit zurück und die Stille, in der er ist, nähme es mit ihr auf, und doch fällt sein Ruf gleich wieder in sie zurück. Seine Gegenwart ist nun verschluckt, und zurück bleibt das Phantom eines Mannes, der auf den Spuren seiner Vorväter nachts übers Land geht.
Britta legt mir die Hand flüchtig auf den Arm, als täte ihr etwas leid. »Wird schon wieder«, sagt sie und geht hinaus, und ich bleibe mit diesem blechernen Satz zurück. Heute nacht werden wir zu dritt im Haus sein, vielleicht brauche ich kein Schlafmittel.
Josef bittet mich, ihn und Britta allein zum Krankenhaus gehenzulassen, und so habe ich nicht mehr mein nun schon gewohntes Ziel an diesem Morgen.
Ich fahre in den Ort, um einzukaufen, damit sie, wenn sie mittags zurückkommen, etwas zu essen vorfinden. Martin würde es so wollen. Wir sind nicht oft zusammen in den Ort gefahren, selten, daß wir abends in das einzige Kino gingen oder nachmittags bei dem Buchhändler im Laden saßen. Mittwochnachmittags kam auch der Arzt dorthin, der früher oft ins Haus zu Martins Mutter gerufen worden war. Sie war so langwierig zu Tode gekommen, gepeinigt von Furcht und zugleich von ihm angezogen. »Als näherte sie sich verwirrt in einem Labyrinth der Mitte«, hatte der Arzt gesagt.
Auch ein Lehrer, der die Volkshochschule leitete, tauchte dann gelegentlich dort auf. Er war immer auf der Suche nach unbekannter Literatur aus dem 19. Jahrhundert, von einer

Sammelleidenschaft getrieben, die hier nicht zu befriedigen war. Martin bot ihm an, ins Haus zu kommen und zu sehen, ob er etwas für seine Bibliothek fände zwischen den Büchern von Martins Onkel, der im Krieg umgekommen war. Seine Bücherkisten standen bei uns in einem der hinteren Räume, die nie geheizt wurden und so einen Geruch ausströmten, der von den feucht sich ablösenden Tapeten kam und den Brettern des Fußbodens, die dort faulten, wo früher das Dach undicht gewesen war und es hineingeregnet hatte. Die Kisten standen abgerückt von der Wand mit geöffneten Deckeln, und manchmal kam der Lehrer, legte Stapel um Stapel heraus, um endlich mit drei Büchern fortzugehen. Er nahm immer nur drei Bücher, drückte so seine umständliche Bescheidenheit aus.

Außer diesen Leuten sind mir alle im Ort so gut wie unbekannt, auch wenn ich einige vom Aussehen her kenne. So wie diesen Jungen, der seinen Marktstand gerade zusammenpackt, als ich komme, um noch Gemüse bei ihm zu kaufen.

»Wie gehts Ihrem Mann?« fragt er und sieht gesund aus und zufrieden mit sich. »Das spricht sich herum, vor allem, wenn es was Schreckliches ist.«

»Dabei war er noch gar nicht lange wieder hier«, sagt ein Mann, der sich an unserem Gespräch beteiligen will. »Über ein Jahr«, erkläre ich, und sehe mich zwischen Leuten, die alle Bescheid wissen. »Da ist kein Glück in der Familie.« Die Mutter des Händlers räumt weiter die Kisten fort, während er mir noch immer gegenübersteht und mich betrachtet, »wer hätte das gedacht«.

»Ich war mit ihm in der Schule, nahm nie an, daß er zurückkommen würde, und zu so einem Ende nun.« Der Mann redet, als sei alles abgeschlossen, rechnet den Unfall schon anderen Fällen hinzu, in denen das Leben plötzlich verwirrt endete.

»Es hat ihn hier erwischt«, sagt die alte Frau nun erklärend zu einer anderen und fährt sich über den Kopf: »Sie sagen, ein Fall für die Anstalt.« So verläßt ein Mensch die anderen, fällt mir ein, und ich beteuere: »Er wird wieder gesund werden.«

»Tut mir leid«, sagt der Mann, der sich zuvor als Martins Schulkamerad bezeichnet hatte, »tut mir aufrichtig leid um ihn. Aber vielleicht schafft er es doch.«

»Es ist kein Glück in der Familie«, wiederholt die Mutter hartnäckig, »ich kannte sie alle.«
»Ich nicht«, antworte ich, »und das ist mir auch einerlei.«
»Martin wirkte nicht wie einer, der das Unglück anzieht«, der Schulkamerad sieht über den Markt, als wäre dies der Schulhof damals, und Martin würde gleich auftauchen. Er wartet nun dringend auf ihn, damit seine Erinnerungen ergiebiger werden können, die er jetzt als ganz zusammengezogen auf einige Punkte merkwürdig unwahr empfindet. Martin Vendenbosch, wer war das gewesen?
»Tatsächlich, kommt er in die Anstalt?«
Ich kenne die Anlage, die dunkelroten, fast schwärzlichen Backsteinbauten, verdeckt von Bäumen. Wir sind manchmal dort vorbeigeradelt, wenn wir herumfuhren, um das Land zu erkunden, ziellos oder den Fixpunkten von Martins Kindheitserinnerungen nach oder auf der Suche nach den Überresten der Parkanlagen des Prinzen von Nassau.
Von ihnen hatte Martin mir schon erzählt, als wir noch in der Stadt lebten, um mir eine Vorstellung zu geben, daß dort auf dem Lande, wo er herkam, nicht alles nur vom Zweckmäßigen bestimmt, sondern zuweilen auch etwas absonderlich Großes versucht worden war, dessen eindringliches Beispiel diese Landschaftsveränderungen für ihn waren. Auch wenn sich heute wenig davon finden läßt, von den künstlichen Gliederungen in geometrischen Formen, den Ziergärten, Wasserspielen, Kanälen und sternförmig ausstrahlenden Schneisen, die von einer einzigen Erhebung ausgingen. Point de vue in Beziehung gesetzt zu weit entfernten Punkten, die sich zuvor vereinzelt nur aus der Landschaft herausgehoben hatten, sanfte Hügel, die sich wieder ins Grün der Wiesen verloren. Martin sammelte Zeugnisse darüber, in der Absicht, später etwas darüber zu schreiben.
»Kommt er in die Anstalt?« Welche ungeheuerliche Frage. Dorthin, wo die Gestörten verwahrt werden, die Ausgesonderten, Unpassenden, über die von anderen entschieden wird, die man erfaßt, verwaltet. Wir hatten sie von weitem gesehen, wenn sie auf den Feldern arbeiteten, die zur Anstalt gehörten, gesehen, wie sie in geschlossenen Trupps wieder zu den Häuserblocks geführt wurden. Selbst die Friedfertigsten sind nun dort, die früher bei ihren Familien auf den

Höfen blieben, mit ihnen am Tisch aßen und notwendig für einfache Arbeiten waren.
Ich will jetzt mit niemandem reden, setze mich ins Auto, das auf dem Parkplatz steht, und rühre mich nicht. Ich sehe die hier üblichen zweistöckigen Häuser vor mir, die geputzten Scheiben, dicht verhängt mit weißen Gittertüllen, die den Bewohnern die Sicht nehmen, und von denen sie abgeschirmt werden, geschützt vor meinem Blick. Leute gehen vorbei, und Autos fahren vom Parkplatz fort, und andere kommen. Wenn ich nur wüßte wie, würde ich mich wehren.

Mit der Post kommt ein Brief vom Theater, die Spielzeit beginnt, und das Attest von Dr. Fuchs müßte erneuert werden. Dabei liegt ein Stück, das »Groß und Klein« heißt. Ich beginne es zu lesen, lege es wieder weg und rufe im Theater an. Ich könnte die wenigen Vorstellungen vom Tschechow noch spielen, eine Übernahme vom vergangenen Jahr, aber nicht mehr zu den Proben des neuen Stückes kommen.
Ich zögere, ob ich dem Intendanten sagen soll, daß ich vormittags bei Martin sein muß, daß nicht ich leidend und schonungsbedürftig bin, wie Dr. Fuchs behauptet hatte, sondern hier nicht weg will, nur für Stunden in der Stadt sein kann.
»Wenn es geht, beurlauben Sie mich«, sage ich, »ich denk' mir, ich werde lange nichts mehr machen können.«
»Wollen Sie zu spielen aufgeben?«
»Ich habe keine Wahl.«
»Wie also sollen wir das machen?«
Wir kennen uns schon seit Jahren, ohne je viel miteinander geredet zu haben. Er schweigt, als erwarte er nun etwas Persönliches, Begreifbares, aber ich kann nichts sagen, will nicht über Martin reden.
»Wir werden das hier im Haus besprechen. Vielleicht kann Dr. Fuchs mich mal anrufen.«
»Ja, danke«, antworte ich, »zur Vorstellung werde ich sicher kommen.«
»Du fährst gerne in die Stadt«, hatte Martin mal festgestellt. Aber es war für uns beide nie eine Frage gewesen, ob ich es tun sollte.
Gar nichts hat sich geändert. Josef spricht mittags beim Essen über den Unfall wie über eine Niederlage, die ihn in allem

bestätigt, was immer er von seinem Bruder gehalten hat. »Das ist alles so schiefgelaufen, wie es nicht sein mußte«, sagt er und sieht drein, wie einer, der recht hat und den dies langweilt.
Ich sitze zwischen ihm und Britta, und wir Frauen hören ihm zu und wissen, was er sagt, ist einzig für Martin bestimmt. Josef redet ernsthaft immer nur mit Männern, und zudem ist dies ein gewohntes Gesprächsthema, das er jedesmal wieder aufnimmt, wenn er in dieses Haus kommt, ohne je eine befriedigende Antwort zu finden. Für ihn, der immer in der Verwaltung gearbeitet hatte, war es von Anfang an unverständlich gewesen, daß Martin erst eine Landwirtschaftslehre gemacht hatte, dann Kunstgeschichte studierte, doch bald zur Soziologie wechselte, um endlich bei einer Zeitung zu arbeiten. »Und dann diese lächerliche Bereitschaft, sich in irgend etwas hineinzusteigern, unökonomisch das alles, ohne jede Vorsicht und mit zweifelhafter Kontinuität. Mit der Gärtnerei zum Beispiel. Kaum hatte er sie, mußte alles verändert werden. Plötzlich war es nicht mehr genug, sich auf Azaleen und Eriken zu beschränken, und selbst bei deren Aufzucht wurden Neuerungen eingeführt, deren Zweckmäßigkeit mir jetzt keiner der Leute beweisen kann. Und was soll nun mit ihr geschehen? Er hat sie so belastet, daß die Einnahmen in diesem Jahr kaum die festen Ausgaben decken können. Besser wäre gewesen, er hätte die Finger davon gelassen und von Anfang an alles verpachtet!«
»Finden Sie mal einen Pächter«, sage ich, obwohl ich gern anders geantwortet hätte, denn ich nehme an, er fühlt sich verdrängt, obwohl er nie einen Anspruch auf den Hof erhoben hatte, es sei denn, einen materiellen, der doch abgefunden worden war, wenn auch nicht ganz zu seiner Zufriedenheit, als gäbe es da einen unabgedeckten Rest, der nicht abzurufen war.
»Ich habe nie begriffen, was Martin eigentlich wollte.«
Ich bleibe ruhig, vorgeblich beschäftigt mit dem Essen, höre ich längst vergangene Diskussionen der Brüder hier im Haus: Was willst du? Was ergreifen mit allen Sinnen. Ich spreche von konkreten Dingen. Das wird sich finden. Ich gebe nichts fürs Ungewisse aus. Und so blieben sie beide einander gegenüber, unnachgiebig, jeder für sich, der eine mit Vorsicht gewappnet, der andere willens, das Ungewisse auszu-

halten, lenkte nicht ein in das Vorgegebene, abwehrend die vorgesprochenen Worte. Und Josef fand, dies eben sei Martins Hochmut, so schlösse er sich aus von der Gesellschaft, und was er auch immer an Gemeinsinn und politischem Engagement gezeigt habe, verschleiere in Wahrheit diesen Tatbestand des elitären Sichabsonderns.
So scheinbar nur ereignislos vergeht die Mittagszeit. Ich sehe den Fliegen zu, die über den Tisch hin- und herjagen, dann umkehren, als wären sie mitten in der Luft an eine unsichtbare Mauer gestoßen, die ihren Flug abrupt beendet und sie zurückwirft. Jetzt ist es so, wie es früher oft war, bevor ich mit Martin zusammenkam, ich spüre, wie die Zeit verfällt, eine Substanz ist, die lautlos sich zerstört, immer eiliger, während wir in unseren Beschäftigungen verharren. Das Ereignislose ist außerhalb jeder Bewegung. Ich kaue nur, um mich zu ernähren. Dieses Essen ist nicht so, wie jedes mit Martin war, eine Freude, die einfach kam und Platz nahm. Ich denke an einen Brief, der vor einigen Tagen eintraf. Ich öffnete ihn, wie alle Post für Martin. Er war von zwei jungen Männern und einem Mädchen, die ihre Ankunft für Anfang September ankündigten. Jetzt, während Josef sich wieder den Teller vollfüllt, beschließe ich, sie kommen zu lassen, auch wenn sie mir unbekannt sind und Martin noch im Krankenhaus sein wird.
»Man darf niemanden zu früh aufgeben, auch wenn er heute so apathisch wirkte.« Britta spricht vom Aufgeben, als sei das die natürliche Möglichkeit. Eine sinnlose, infantile Möglichkeit, die keine ist für mich, eine Lächerlichkeit. Nicht aufkündbar ist das Versprechen, das wir uns gaben. »Hätte er Sie geheiratet, wäre alles leichter hier zu regeln«, sagt Josef, »so fallen mir alle Entscheidungen zu. Aber anders gesehen, ist es nun vielleicht auch besser für Sie.« Er hat nichts begriffen, und ich werde ihm auch nichts erklären. »Ich muß ins Krankenhaus«, sage ich und stehe auf. Britta nickt mir ermunternd zu, stets bemüht um Harmonie. »Wir kommen später nach.« Josef muß noch Martins Auto abmelden, da ich es vergaß, und mit einem Holländer reden, der Unfallwagen aufkauft. Ich gehe und lasse Britta das Geschirr abräumen und die Küche putzen. Mit dem nassen Spültuch wird sie über die Schieferplatte des Tisches wischen, die im nachgedunkelten Holzrahmen eingelassen liegt, und die Rückstände des Essens

beseitigen, gewohnte Arbeit an ihr ungewohntem Ort, wo sie sich einlebt durch das, was sie tut. Dann wird sie das Fenster öffnen, weil ich bei Tisch geraucht habe, und vielleicht wird sie aus dem Fenster sehen.

Karl Anton steht vorm Eingang des Treibhauses und zankt mit Ida, die sich auf die Erde geworfen hat und nicht aufstehen will. Sie liegt da in ihrem geblümten Kleid mitten auf dem Weg und zappelt. Karl Anton faßt sie nicht an, schreit nur: »Jetzt mach, los. Was soll das wieder?«
Und das Kind kichert und scharrt mit den Händen in dem schmutzigen Sand. Die Luft ist ganz flimmerig und gesprenkelt mit Schatten unter den jungen Bäumen, die Martin im Frühling pflanzte. Eine Allee, die hier beginnt und sich bis zur Weide zieht, dort einfach aufhört im Grün, wo das Gatter geschlossen ist. Rechts und links vom Weg sind die Beete, wo die Azaleen stehen, eng ineinander die Töpfe in Reihen, zweitausend auf dem einen Feld, dreitausend auf dem anderen.
»Morgen kommt der Treiber, vielleicht kauft er sie«, überlege ich, auf mein Fahrrad gestützt.
»Jetzt helf' ich dir nicht mehr«, sagt Karl Anton zu dem Kind, und das schreit: »Erzähl ihr doch, wo Martin ist!« und dreht sich im Sand und liegt auf dem Rücken und sieht mich an. »Ich wette, sie weiß es nicht, weil er sie nicht mitgenommen hat.« Da stößt er nach ihr mit dem Fuß, wenn auch schwerfällig und zaghaft, um ihr nicht wehzutun. »Du gehst jetzt nach Haus.«
Doch sie hängt sich an seinen Fuß und läßt sich nicht abschütteln.
»Ich habe ihr gesagt, Martin ist verreist. Die Kröte versteht doch nichts.«
Aber die Kröte bleibt an ihm hängen und grinst. »Wo ist er denn hingefahren?«
»Weit weg, und recht geschieht's dir, so wie du immer an ihm rumgehangen bist.«
Nachts tauchte ihr Kopf zuweilen auf, wenn wir im erleuchteten Zimmer saßen. Plötzlich war ihr Gesicht nah vor der Scheibe, sie blickte uns an, die Hände auf dem Fenstersims. Und wenn wir dann hinausgingen, war sie schon wieder fort, lautlos, wie die Eulen durch den Garten fliegen, mit weichen

Schwingen; ich spüre sie über meine Augen streifen, wenn ich sie sehe.

»Machen Sie sich nichts daraus«, sagt Karl Anton, »man merkt halt, daß sie ohne Mutter groß wird. Ich genüg' da nicht.«

»Ksch!« macht er, als verscheuche er ein Tier, und da steht sie auf, schüttelt die Erde vom Kleid.

»Martin wollte die Pflanzen diesmal selber treiben«, sagt er, »aber sein Bruder meint, wir sollen sie weggeben, das verringere das Risiko.«

Ich seh' über die einjährigen Pflanzen, die gerade die ersten Knospen angesetzt haben, und antworte: »Wird schon gut sein. Dann machen wir das im nächsten Jahr anders.« Das Kind ist fortgelaufen, und der Gärtner steht nun neben mir und möchte auch fort. Die Mittagszeit ist vorbei, und die drei Gehilfen kommen aus dem Treibhaus, in dessen vorderem Teil sie am Tisch gesessen hatten. Zwei Jungen aus dem Ort und der Italiener, ein älterer schweigsamer Mann. »Es geht immer so weiter«, sagt Karl Anton verlegen, und ich achte auf die spiegelnde Lenkstange vor mir, wie das Licht dort körperlich wird und mir in die Augen sticht. Es ist, als kondoliere er mir: »Ich war schon im Krankenhaus. Aber Sie wissen ja, wie er jetzt ist.«

»Verreist«, antworte ich.

»Das Kind fragt zu viel.« Die drei kommen zu uns. Erwin ist Lehrling im dritten Jahr, der einzige, den wir haben. Andreas wird nur angelernt für einfache Handlangerdienste. Er hat die Sonderschule besucht und bleibt bei uns, weil er sonst keine Arbeit findet. Giovanni ist seit dem Krieg auf dem Hof. Nur er könnte mir etwas erzählen von Martins Eltern und von Yvonne, seiner Tante, die schließlich allein den Haushalt und das Kleinvieh versorgte, um sich endlich, nachdem ihre Schwester gestorben war, in deren Zimmer zu legen. Das war die Zeit, in der Martins Vater oft Giovanni mit ins Haus brachte, vielleicht weil er der einzige seiner Arbeiter war, der keine Familie hatte. Fast wortlos saßen die beiden Männer sich Abend für Abend in der Küche gegenüber und tranken, während die Tante aufrecht im Bett saß, kreuzweis ein wollenes Tuch um Rücken und Brust gebunden, und hustend und spuckend den Tod erwartete.

»Komm, wir fahren«, sagt Karl Anton zu Giovanni. »Wir

fahren nach Hassum Stecklinge holen. Sollen wir Ihnen was besorgen?«
»Nein, danke. Ich habe alles im Haus.«
Er läßt den Motor des Lieferwagens laufen.
»Der Auspuff ist wieder kaputt.«
»Es ist nicht nur der Auspuff. Wir müßten einen neuen Wagen kaufen«, sagt Karl Anton, doch ich zucke mit den Schultern.
Und dann starten sie, Giovanni mit seiner Schirmmütze auf dem Kopf, grünverschossen wie ein Fundstück vom letzten Krieg, und Karl Anton hält das Steuerrad so beherrscht fest, als bewege er weit mehr als den rostigen Lieferwagen einer kleinen Gärtnerei, die unauffällig dem Bankrott nah ist. Hinter ihnen steigt eine sanfte Staubwolke auf, läßt einen Augenblick das Treibhaus fremdartig verblassen und verweht langsam. Noch einmal wird der Wagen sichtbar auf der Chaussee hinter den Feldern, klein und geräuschlos, das ist wie immer. Auch Andreas und Erwin gehen nun fort, nur ich habe Zeit, wie jemand, der auf Urlaub ist.

Ich benehme mich vernünftig, wasch' mich und zieh' mich an, kleide mich aus und gehe ins Bett, verbringe dazwischen die Zeit, in der ich nicht bei dir sein kann, mit sinnlos zerstreuender hauswirtschaftlicher Geschäftigkeit, die wir sonst immer auf das Allernotwendigste beschränkten. Ich ordne deine Bücher, ein Vorwand, um sie in die Hände zu nehmen, als trügen sie noch Spuren von dir; unsichtbare Schrift im Finsteren. Ich schlafe in deinem Schlafanzug, trage deine Pullover und Hemden, die mir viel zu weit um den Körper hängen, damit auf meiner Haut etwas ist, was auf deiner war. Scheinbar geht alles weiter, nur manchmal bemerke ich den tatsächlichen Stillstand. Dann beeil' ich mich, ins Krankenhaus zu kommen, treff' dich wieder, abgewendeten Sinnes verharrst du, hast mir den Körper zurückgelassen als Pfand.
Wie alles mich dort abstößt, nur du erscheinst mir normal, in welcher Tarnung auch immer. Das Normale, so wie es sich als notwendig vorstellt und eingeübt wird, ist bizarr, ein Labyrinth aus Anordnungen und Apparaturen, Schläuchen und Flaschen. Selbst die Möbel, dein Bett und der Nachttisch, werden zu metallenen Geräten. Gleichgültig nimmst

du es hin, überläßt deinen Körper der wie automatisch ablaufenden Pflege, und zuweilen bestürzt mich die gelassene Würde deiner Hilflosigkeit.
Ich frage mich, ob die Schwester, die bei dir sitzt und deine Nägel schneidet, verstehen würde, was ich meine, würde ich es ihr sagen. Ich sage es nicht, setze mich stumm zu euch. Nehme auch teil an den Bemühungen der Krankengymnastikerin, die später kommt und mit dir arbeitet. Dabei spricht sie viel, auf Anordnung des Arztes, um die Logopädin, die jetzt mit dir arbeiten sollte, wenigstens etwas – und wenn auch ungeübt – zu ersetzen. Für den ganzen Landkreis hier gibt es nur eine, und sie ist so überlastet mit Arbeit, daß sie nicht ins Krankenhaus kommen kann, wo schon seit Jahren eine Stelle ausgeschrieben wurde und nicht zu besetzen ist.
So redet denn das junge Mädchen, während sie deinen rechten Arm und dein Bein bewegt – noch immer ist die Lähmung deutlich –, und spricht dir Worte vor. Sie sagt: »Hand«, wenn sie deine Hand leicht federnd zurückbiegt, wiederholt jeden Begriff mehrmals, wartet vergeblich, daß du ihn nachsprichst oder wenigstens versuchst, den Klang zu imitieren.
»Ich kann eigentlich schon nach einer Woche sagen, ob eine Sprachbehandlung Erfolg haben wird«, hatte mir der Internist gesagt, auf dessen Station du den ersten Tag verbrachtest. Der Neurologe hier ist vorsichtiger: »Wir könnten es versuchen, doch sind unsere Möglichkeiten beschränkt.«
Ich bleibe bei dir, bis die Nachtschwester kommt. Die Gardinen vorm Fenster werden vorgezogen. Ich will dich nicht verlassen. Was geschieht mit dir in der Nacht, wenn es dunkel im Zimmer wird, nur das Licht durch die angelehnte Tür hereinfällt und sich die Leere auf dem Flur so deutlich als Schweigen ausbreitet. Bist du wach oder schläfst du, während ich zu Hause im Bett liege? Das Haus ist so menschenverlassen, das Dachgebälk knackt zuweilen, und etwas bewegt sich auf dem Boden über mir. Vielleicht sind es die Tauben, die sich dort einquartiert haben, graue, rostfarben gezeichnete Römer, längst verwildert und unsinnig schreckhaft.
Im Nebenzimmer von dir beginnt die Frau, der man nicht helfen kann, nach der Schwester zu schreien. Sie findet die Klingel nicht oder hat vergessen, daß es sie gibt. Sie ruft, und

ich gehe, um die Schwester zu holen, die den Beobachterposten im Glaskäfig auf dem Flur bezogen hat und Puppenkleider für ihre Tochter näht. »Die gibt keine Ruhe«, sagt die Schwester, »da kann man nichts machen.« Und so bleibt die Frau allein mit dem Unding, das schon die Ecken des Zimmers besetzt hält und sich ihr jede Nacht millimeterweise nähert, erwartet von ihrem verfallenden Körper und abgewehrt von der Stimme, die jetzt aufkreischt und dann verstummt, als wäre vollzogen, was immer noch vor ihr liegt. Als ich ins Zimmer zurückkomme, sitzt Martin aufrecht im Bett und horcht, wendet sich dann mir zu. »Anne«, sagt er ruhig und deutlich, und ohne jede Anstrengung wiederholt er meinen Namen.

3

Anfang September kam ich zum ersten Mal wieder in die Stadt. Ich fuhr am Nachmittag, so hatte ich Martin noch am Vormittag sehen können. Seit er mich beim Namen genannt hatte, waren zehn Tage vergangen. Er sprach nun auch wenige andere Wörter, mit denen sich ein für uns verständlicher Sinn verband. Meistens freilich lag er im Bett und pfiff vor sich hin und war nicht ansprechbar. Er hörte wohl sich selber zu, wie er pfiff, und war dabei auf Gott weiß was für Wegen, durchs Dickicht hindurch, das er zerteilte mit diesem Geräusch des hervorgepreßten Atems. Mich begleitete dies Pfeifen bei der Autofahrt, war in meinem Kopf, als ich in die Stadt hineinfuhr. Er pfiff mich zurück, und ich ging doch die Treppen hinauf zu meiner Wohnung, nahm es als seine Begleitung.

Die falschen Proportionen dieser Einzimmerwohnung hatten mich immer gestört, vor allem, wenn ich vom Land, aus dem Haus kam. Das übergroße Fenster konnte die mangelnde Tiefe des Raumes nicht wettmachen, war ein Schaufenster, das den Raum nach draußen kippte. Man mußte die Gardinen wenigstens halbwegs schließen, um hier für sich sein zu können und um nicht ständig mit dem Ausblick konfrontiert zu werden: den Mietshäusern gegenüber und farbig verkleideten Balkonen, die doch nicht zu benutzen waren, da der unaufhörliche Lärm der Schnellstraße, die nah vorbeiging, jedes Draußenleben zu einer Vorstellung machte, die nur auf dem Reißbrett taugte. Da blieb man im Zimmer und hielt alles verschlossen, und sah man hinaus, so nur, um nach dem Wetter zu sehen. Die Stadt war von hier aus nichts als eine willkürliche Ansammlung von Materialien, in denen Menschen sich scheinbar zwanghaft bewegten.

Ich betrachtete das Zimmer, nicht so, als ob es meines wäre, entschloß mich dann doch, es anzunehmen, packte eilig einige Sachen zusammen, die ich nach der Vorstellung mit ins Haus nehmen wollte, nachts, wenn ich zurückfuhr. Ich räumte den Kühlschrank aus, warf die verblühten Blumen aus der Vase in den Abfalleimer und leerte ihn unten im Hof im Müllcontainer. Die Post steckte ich ein, ohne sie gelesen zu haben, stand dann noch einige Augenblicke lang untätig herum, zögerte, als ob ich etwas vergessen hätte, aber es fiel mir nichts ein. Nur daß mir allmählich das Zimmer wieder vertrauter wurde. Ich sah mich wieder in alles hinein, wie ich es mir brauchbar gemacht hatte, mit den Bildern, den Plakaten und Fotos an den Wänden. Das von Martin hatte ich in Belgien aufgenommen, im Frühling vor einem Jahr, draußen in einem Strandcafé. Das war kurz nachdem wir uns kennengelernt hatten, in der Zeit, als er noch in der Stadt arbeitete. Das Foto war ein wenig überbelichtet, so erschien alles noch heller und kühler, als es damals gewesen war, trotz der Sonne. Er saß vor einer Glaswand, die auf dem Bretterboden des Podestes stand, das man über den Sand gelegt hatte. Vor ihm einer der hier üblichen weißen Eisentische und neben ihm zwei Männer, mit denen er sprach. Wir kannten die Leute nicht, aber er kam leicht ins Gespräch mit Fremden. Er trug seinen grünen Reisemantel, der freilich so nun schwarz wirkte. Der Kragen war hochgestellt, da wir, bevor wir hier in den Windschatten kamen, am Meer entlanggegangen waren, einer im Arm des anderen. Feucht und fest war der Sand gewesen, nah am Wasser, das sich um diese Stunde zurückzog, sich sammelte jenseits der Wellen, die weit entfernt eine glitzernde Erregung zeigten und Goldfarbenes überspülten, auf dessen Heraufkommen wir immer vergeblich gewartet hatten.

Jetzt tat es mir leid, daß ich nicht wußte, wer die beiden anderen Männer gewesen waren, und was Martin und sie damals sprachen, da ich das Zeugnis dieses Bildes habe. So mit den anderen hob er sich doch von ihnen ab. Ich dachte, daß dies gewiß nicht nur für mich so war, sondern auch für jeden, der dies Foto betrachtete. So auffallend war sein ernstes, etwas bäurisches Gesicht unter den schwarzen, kurzen Haaren, und selbst in der festgehaltenen Pose wurde noch immer seine intensive Anteilnahme am Gespräch deutlich.

Ich nahm das Foto ab und schob es in meine Jackentasche, drückte es dabei an meinen Körper, als könnte ich so die Erstarrung aufheben.

Die Theaterkantine hatte die Gemütlichkeit eines Wartesaals, mit abgestoßenen Resopaltischen und Neonlicht an der Wand über der Bierreklame. Mir gefiel das, es war so schön nüchtern. Ich holte mir Kaffee an der Theke und setzte mich hin, sah in das Buch, um den Text für den Abend zu wiederholen, folgte Satz für Satz der angestrichenen Rolle.
»Wie geht's Martin?« fragte Verena und setzte sich zu mir, streckte ihre Beine aus und lehnte sich zurück: »Dr. Fuchs hat mir davon erzählt. Einfach nicht mehr sprechen, das ist auch eine Lösung.«
»Entschuldige«, sie beugte sich vor, nahm Anteil so auf ihre lächelnde, unsentimentale Art, »kann man da etwas machen?« »Natürlich«, sagte ich und sah wieder in das Buch.
Ich hätte sie anrufen müssen, sie war meine einzige Freundin. Ich verstand es selber nicht, daß ich nicht mit ihr reden mochte. Nun probte sie die Lotte. Doch mir war das gleichgültig.
»Hast du das Stück gelesen?«
Ich hatte es gelesen, bevor ich es wieder zurückschickte. Und mir hatte auch die Rolle gefallen, aber da ich sie abgab, war sie mir nun nicht mehr im einzelnen gegenwärtig. Dabei hatte ich gewußt, wie ich sie hätte spielen wollen, die Rolle einer Frau, beharrlich verletzbar, die alles anders nimmt, als es sich ihr bietet, und so scheinbar immer unterlegen ist.
»Magst du Botho Strauss?«
»Ich mag das Stück.«
»Schade, daß du es nicht spielst«, sagte Verena und sah sich in der Kantine um, als brauchte sie Beistand. Aber außer dem Inspizienten und dem jungen Mann, mit dem er am Nebentisch saß, war niemand da.
Verena würde nachher in der Vorstellung die Marja spielen, »die nicht weiß, wohin sie gehört, unbekannt, wozu sie auf dieser Welt ist«. Verena war nicht so, sie würde die Marja gut spielen. Ich sah sie an, wie sie saß in einem ihrer bunten Gewänder, und sagte: »Ich mag nicht reden.«
»Muß ja nicht sein.« Ihr Gesicht war mir nun ganz nah gegenüber, ihr schönes, anziehendes, etwas laszives Gesicht.
»Fürchtest du dich?« fragte sie.
»Ja«, antwortete ich und pfiff leise vor mich hin. Der junge Mann, der neben dem Inspizienten saß, sah nun zu uns

herüber. Ich beobachtete, wie er das Bierglas zum Mund nahm und trank.
»Wenn ich nicht spreche, zerfällt alles in Teile«, sagte ich, und Verena lächelte. Der ganze Raum um mich herum war von dieser nackten Präsenz aufzählbarer Einzelheiten, die sich nicht verbanden. Die Hand des jungen Mannes, die das Bierglas hielt, war mir zuwider. Ich sah die braunen Haare, die aus den Poren kamen, wie mit einem Vergrößerungsglas.
»Sieh lieber in dein Buch.«
»Ist doch nicht wichtig.«
Sie glaubte nicht, daß ich es ernst meinte. Aber es war mir nun tatsächlich einerlei, was sich hier abspielte, und ob ich den Text konnte oder nicht. Die Nina ließ sich auch darstellen nur mit einer Abfolge von Schreien. Erst kleine scheinhafte, die zu Seufzern sich dehnten, noch immer scheinhaft. Und dann im vierten Akt der Ausbruch eines gräßlichen Schreis, der alles von der Bühne fegte, diese Attrappen aus Holz und Leinwand, diese Kostüme und die in ihnen versteckten Menschen, die ständig nichts sagten als: ich. Ich will, ich erwarte, ich denke und stoß' mich daran und habe Angst, und ich ducke mich und gebe doch nicht auf, denn irgend etwas muß da sein, was ich erreiche mit meinem Schrei, muß sich zusammenfügen lassen, vollständig werden zu etwas, wobei das eine wie das andere wird. Aufgehoben die Trennung, dies »Ich rede«, »Ich erwarte«, diese Forderung den anderen gegenüber gesetzt, es soll sein, wie ich es mir vorstelle. Fortgeschrien alles. »Wie geht's dir da draußen?« fragte Verena, »nicht zu viel Natur?«
Ich dachte an die tote Taube, die neulich morgens vor meiner Tür gelegen hatte, mit gespreizten Flügeln. Aber ich sagte es nicht. Das da draußen wurde zu meinem Land, da es Martins Land war.
»Fehlt dir die Stadt nicht?«
»Nein, bis jetzt nicht. Vielleicht das Theater.«
Der junge Mann setzte sich zu uns, da er Verena kannte. »Ich leb' nur im Theater«, sagte er mit dem Pathos des Anfängers, »wir müssen von der Künstlichkeit des Lebens ausgehen. Da es ja nur von uns aus gesehen wird, so nur für uns da ist, von uns selber gemacht wird, wie wir es erleben. So realistisch gesehen, gibt es für uns nur das Theater. Nachahmung des Vorgestellten, wenn Sie so wollen.«

Ich wollte es nicht.
»Wer ist sie denn?« fragte der junge Mann Verena.
»Ich bin die Möwe«, sagte ich, versteckte mich so hinter einem Satz aus meiner Rolle, der hier nicht hingehörte und auch nicht zutraf.
Die Kantine füllte sich mit Leuten, und ich ging in die Garderobe, noch zu früh, aber so entkam ich allen Fragen bis zum Beginn der Vorstellung.
Ich wußte: Es wird sein wie immer. Ich werde den Text sprechen und die verabredeten Gänge machen. Danach werde ich das grimmige Gefühl haben, mich viel zu wenig verausgabt zu haben, viel zu wenig und nicht auf die richtige Art, nicht konsequent genug und über das Denkbare hinaus. Ich werde mich unnütz fühlen, wie jemand, der einen leidenschaftlichen Anschlag, den er geplant hat, nicht auszuführen in der Lage gewesen war, nicht die Pistole herausgezogen und geschossen hat. Alles wird nur markiert werden, zurückgehalten immer noch etwas, obwohl ungewiß wofür. Warum gelang es mir nie, mich so voranzutreiben, daß abfiel, was nur die Hülle gewesen war, und zutage trat das blanke Entsetzen, die lustvolle Gier, die der Antrieb zu allem gewesen war. Zuweilen nur erschien es fast möglich zu sein, im verzögerten Moment eines Stillstandes vielleicht, mittendrin, wenn wir auf der Bühne standen, jeder für sich allein, und nur dadurch miteinander verbunden, daß dies für jeden so war. Dann wechselten wir belanglose Sätze und wußten, gleichzeitig geschah das Unwiderrufbare. Und ich sah Marja an, die während des ganzen Stückes Schwarz trug, als Zeichen der Trauer über ihre unerwiderte Liebe, und hatte Mitleid mit ihr und mit uns allen. Und so ging ich dann auf die Bühne.
Ich fahre zu dir. Keine halbe Stunde ist die Vorstellung beendet, und ich bin schon auf den mir so bekannten Straßen aus der Stadt heraus, nehme die Autobahn Richtung Arnheim. Es ist eine mondlose Nacht, fast finster. So sehr meinte ich noch nie bemerkt zu haben, daß ich auf der Erdoberfläche entlangfahre, abgehoben von allem. Keine Landschaft ist rechts und links zu sehen, alles ist aus meiner Sicht herausgefallen, die Erde rundet sich tatsächlich erfaßbar zur Kugel, abgetastet von den Scheinwerfern meines Autos. Zuweilen tauchen wenige Meter über der Fahrbahn die sternförmigen

Begrenzungslichter an den kastenförmigen hohen Lastern vor mir auf. Ich schalte das Tonband an, höre Morton Feldmann, Musik, die du mir von der Platte aufs Band überspieltest, damit ich sie unterwegs hören kann. Sie beginnt immerfort, ohne zu enden, nichts drängt sich hervor, nichts dominiert und bestimmt das folgende. Eine Musik, die weder Start noch Ziel kennt, ständige Bewegung und absoluter Stillstand in einem ist. Sie holt mich aus dem tödlichen Ablauf von hier nach dort, lebt punktuell. So verharre ich in einer imaginären Landschaft und spüre zugleich, wie ich fahre. Und auch das wird zum Bestandteil der Musik, die ich höre, das wetzende Geräusch der Reifen und der bedrohliche Lärmschatten des mich überholenden Lastwagens. Ich muß mich zusammennehmen. Bei Wesel fahre ich über den Rhein und biege in schmale Nebenstraßen ein, Abkürzungen, die ich mit dir auf der Karte herausgesucht hatte, um schneller bei dir sein zu können. Hier fährt selten ein Auto. Ich sehe ein Warnungsschild, Wildwechsel, und fahre langsamer, starre auf die Waldränder zu beiden Seiten der Straße. Aber nichts rührt sich, kein Reh, kein Fuchs, kein Hase, der versucht, den Asphalt zu überqueren, doch weiß ich sie im Dickicht verborgen.
Ich überhole einen Radfahrer, dessen Katzenauge plötzlich vor mir auftaucht und dessen Scheinwerfer gleich darauf bei mir im Rückspiegel erscheint, schwankend wie eine Laterne. Vor einer Gastwirtschaft stehen einige Männer und winken. Sie sind betrunken, winken nur zum Spaß. Dann ist wieder nichts da als die Straße, säuberlich in zwei Hälften geteilt durch die weiß gestrichelte Linie, an der ich mich in meiner Müdigkeit orientiere.
Der Mond ist noch immer nicht da, wird heute wohl nicht mehr sichtbar werden. So bleibt es dabei, daß alles fortgezogen ist rings um mich herum, vorhanden immer nur das Stück Straße, über das ich gerade fahre, und jenes vor mir mit absinkenden Rändern. Wie oft bin ich so schon zu dir gefahren, gehetzt vom Erlkönig, doch ohne Kind. Töne sind Schatten, sagte Morton Feldmann. Ich habe nicht aufgepaßt, verlor die Leitlinie aus den Augen, fahre einfach geradeaus, obwohl die Straße eine Biegung macht. Zum Glück gibt es keinen Graben, keinen Baum, nichts als ein Feld. Ich merke erst jetzt die Kraft der Geschwindigkeit, halte mich am Steuer fest, als wäre es ein Haltegriff außerhalb. Endlich wird der Wagen gestoppt durch

einen Weidepfahl, der nachgibt und herausbricht, sich unterm Fahrzeug festklemmt.
Ich versuche, im Rückwärtsgang fortzukommen, steige aus, als dies nicht gelingt, und sehe, daß ich allein nichts machen kann, setze mich wieder ins Auto. Da sitze ich nun und lache, weil nichts Ernsthaftes geschehen ist, und fühle mich im Stich gelassen, weil ich dich nicht anrufen kann, damit du mir hilfst. Ich starte nochmals, aber die vorderen Räder drehen durch und drücken sich so nur tiefer in den lehmigen Ackerboden. Im Krankenhaus siehst du jetzt vielleicht zum Fenster und wartest, daß es draußen hell wird. Aber noch hat das Zeit. Ich leg' mich quer über die Sitze, so gut es geht. Vielleicht werde ich schlafen.

Gegen fünf Uhr wache ich auf, neblige Helligkeit ist um mich herum. Ich höre unentwegt ein Geräusch hinter mir, Schritte und Gemurmel, das nicht absetzt. Das klingt, als käme es aus der Erde herauf und zwänge sich durch das weiße Zwielicht, nimmt Gestalt an, da ich mich nun umwende und den Zug der Wanderer sehe. Pilger, die nach Kevelaer zur Madonna gehen, alles Männer, halbwüchsige Jungen dabei, die Fähnchen tragen. Sie sehen zu mir hin, zum Auto, das in den Acker hineinfuhr, können aber nicht helfen, da sie auf ihrem Weg bleiben müssen.
Als sie verschwunden sind, steige ich aus, gehe auf die Straße und schlage die Richtung ein, aus der sie kamen. So oft ich die Straße auch fuhr und meinte, sie zu kennen, jetzt weiß ich nicht, wo ich bin. Nach einer halben Stunde komme ich an eine Kreuzung, die ausgeschildert ist, und wende mich zum nächsten Dorf, das einige Kilometer entfernt ist. Ich mache die Windungen der Straße mit, die durch einen Wald führt. Der Waldboden ist bedeckt mit Farnkraut. Es ist so hoch, daß es mir bis an die Hüften gehen würde, ginge ich hinein, watete dort hindurch, ließe mich einfach treiben. Schneisen durchziehen den Wald, breite Streifen gerodetes Land. Wo sie sich kreuzen, steht ein Hochstand, darauf ein Mann, wie an der Reling eines Schiffes, und wartet regungslos. Ich mag ihn nicht anrufen, damit er mit mir zum Auto zurückgeht und mir hilft. Er ist damit beschäftigt, die Schneise zu beobachten, in Erwartung eines Tieres, das er nur betrachten wird. Noch ist Schonzeit.

Martin wollte eine Geschichte der Menschen und dieser Landschaft schreiben. Vielleicht kehrte er deswegen hierher zurück, konnte so Verbindungen aufnehmen, die er als Kind begründet hatte, während ich mich hier immer wieder wie in der Wildnis befinde, in einem erstaunlichen Land.
Solange ich durch den Wald ging, war alles von frischer Kühle gewesen, das Dickicht wie Grotten, und an den Rändern grünweißes Licht, fleckig unter den Bäumen, Tarnfarbe für den Tag, der nun, da ich den Wald verlassen, unverhüllt vor mir liegt. Offenes, flaches Land, ganz durchtränkt schon von der Sonne. Ein Vogel stürzt in die Luft und segelt mit ausgebreiteten Flügeln fort. Die Felder sind unter mir, und der Horizont bricht weg ins Blau. Ich gehe und streife mit der Hand übers Gras am Wegrand, ziehe es zwischen den Fingern durch, so daß die trockenen Samenkörner abspringen. Ich spüre nur das und so, als wäre sonst nichts wahr, nichts geschehn, und ich bin ohne Erinnerung, bin entlassen aus allem und unterwegs.
Beim ersten Bauernhaus, das an der Straße liegt, bleibe ich stehen, gehe an das geöffnete Stallfenster und sehe hinein. Zwei Männer misten die Koben aus, ein alter und ein junger Mann, schweigsam. Ich höre, wie die Forken auf dem Zementboden schurren, sonst nichts. Sie sehen sich ähnlich, die Männer, hager und kränklich, als arbeiteten sie ständig unter Tage. Jetzt haben sie mich bemerkt. »Die Frau ist im Haus«, sagt der ältere und bleibt ruhig stehen, bis ich mich abwende. So gehe ich wieder. Die Tankstelle vorm Ort ist noch geschlossen. Ich setze mich auf die niedrige Steinbrüstung, die das Grundstück zur Straße hin abschließt, und warte. Zwei Kinder kommen, sie bleiben etwas entfernt von mir stehen, nehmen ihre Schultornister ab, holen Bänder aus ihren Hosentaschen und binden sich ihre Beine zusammen, eine Handbreit über den Knöcheln. So gefesselt, hüpfen sie um die Wette auf den viereckigen Steinen des Bürgersteigs. Ich seh' ihnen zu und versuche, die Regeln ihres Spieles zu begreifen. Manchmal kreischen sie auf und lachen hinterher. Ich sitze hier wie auf einer verlassenen Station, an der ich aus Versehen ausgestiegen bin. Der Blumenkübel mit halbvertrockneten Geranien, an Drähten aufgehängt am Vordach der Tankstelle, erinnert mich an den längst vergessenen

Bahnhof eines kleinen Ortes, wohin ich als Kind mal im Sommer verschickt wurde, um mich zu erholen.
Der Schulbus hält bei den Kindern, und sie steigen ein. Als sie fortfahren, winken sie.
Die Straße im Ort ist noch unbelebt, nur eine Frau putzt die Stufen vor ihrer Haustür, schüttet Wasser darüber, das mir über den Weg läuft. An einem Haus hängt ein bedrucktes Pappschild: »Herzlichen Glückwunsch zur Goldenen Hochzeit«, darum eine Blättergirlande. Ich würde jetzt lieber umkehren, über die Felder davongehen und weit weg, einfach nur so, ohne Gepäck, das ich im Auto ließ. Siehst du, sag' ich zu Martin, jetzt will ich sogar fortlaufen. Aber tue es doch nicht, da du nicht mitmachst.

Bei Martins Aufzeichnungen finde ich auch die Beschreibung seiner Rückkehr, die mehr war als nur eine Heimkehr zu allem, was ihm als Kind lieb gewesen war, sondern eine Umkehr des Wunsches, der ihn in die Stadt getrieben hatte.

> Hatte ich früher angenommen, in der Stadt würde ich mich endlich lösen vom kindlichen Verwurzeltsein in der Landschaft und meiner Sehnsucht entkommen, mich inniger mit der Natur zu verbinden, so erwies sich diese Annahme als ein Irrtum. Nichts, was ich dort lernte, erfaßte mich so unmittelbar, daß ich die Empfindung, vertrieben zu sein, je gänzlich verloren hätte, so als wäre zuvor etwas mein Besitz gewesen, was doch von niemandem zu besitzen war. Zuletzt hatte ich mich in der Stadt eingerichtet, wußte mit Namen bald einige Straßen in den Bezirken, in denen ich zu tun hatte, besaß einige Freunde, redigierte die Zeitschrift der Landwirtschaftskammer, scheinbar tolerant, ließen wir uns auf nichts ein. In ihrer Vielzahl verknüpften sich Bekanntschaften zu einem Netz von Beziehungen, das sich mit fremden überschnitt, aber immer doch für sich blieb. Außerhalb dessen gab es Mechanismen, die fast unbeeinflußbar erschienen und die Stadt bestimmten. Ich fügte mich darin ein, wie jemand, der eingewilligt hatte, wirkungslos zu sein. So ging ich zurück aufs Land, das ich früher gemeint hatte, hinter mir lassen zu müssen, als einer Vorform des gemeinschaftlichen Lebens, und zu dem ich nun zurückkehrte, wie zu

etwas, dem ich angehörte, so gleichgültig es sich auch verhalten würde. Es war das erste Mal, daß ich wieder die Haustür öffnete, nach der Beerdigung meines Vaters, Wochen danach. Ich ging in den Zimmern herum, um eine Erbschaft anzutreten, die mir nie ganz geheuer gewesen war. Wäre Anne mitgekommen, wäre es leichter gewesen. Ich hätte ihr erklären können, was ich sah, und es so mir selber beim Namen nennen können.

Ich richtete mir als erstes nur das eine vordere Zimmer als Arbeits- und Schlafraum ein, räumte die Lebensmittel in die Küche, die Anne mir ins Auto gepackt hatte. An nichts erinnerte ich mich plötzlich so genau wie an diesen merkwürdigen Eßtisch, mit der eingelegten Schieferplatte, an der ich von klein an gesessen hatte. Ein Erbstück meiner Mutter, die aus dem Badischen kam, und sich hier nie zu Hause gefühlt hatte. Immer fehlten ihr die sanften Hügel, die lebhaft einander verbindenden Formen. Hier war sie mit ihrem empfindsamen Gemüt, das nach Abgemildertem verlangte, schlecht aufgehoben. Das platte Land machte sie nervös, und der Wind, vor dem man sich nur im Haus schützen konnte und im Nutzgarten, der, wie bei allen Bauern hier, von einer dichten übermannshohen Hecke umgeben war.

Ich verließ das Haus, kaum hatte ich das Notwendigste ausgepackt und zurechtgestellt, scheute mich wohl auch davor, dies unsinnige Nebeneinander, so wie ich es vorfand, gleich rechthaberisch zurechtzurücken, mußte mich erst überwinden, meine Ordnung in die Dinge zu bringen, die anderen zum Leben gedient hatten. Dies war die Fortsetzung meiner Kindheit, nur daß ich kein Kind mehr war. Man müßte blind sein, um dem Schrecken zu entgehen, den all diese Dinge vermitteln mit ihrem Abgenutztsein vom Gewesenen.

Ich stieg ins Auto und fuhr die Straßen um das Haus herum, immer größere Kreise ziehend und mich so weiter von ihm entfernend, als müsse ich mich erst wieder zurechtfinden hier in der Gegend. Dabei war mir alles vertraut, nur einige Straßen neu, die durchs Land gezogen worden waren wie Flugschneisen, nicht mehr sich anpassend wie die alten an den Verlauf der Felder. An den Enden zweier Alleen fand ich die beiden Häuser nicht mehr, die früher dort gestanden hatten. Ich bemerkte mein Alter daran, daß mich ihr Abbruch schmerzte und mich die kahlen Plätze empörten und das sinnlose Ende jeder der Alleen, die nun keinen Zielpunkt mehr hatten. Ich fuhr durch den Reichswald und bog südöstlich auf die Straße ein, die den weiten Bogen des Kirmesdals umfaßte. Dort stieg ich aus und ging den bewaldeten Sternbusch entlang zum Papenberg, wieder einmal auf der Suche nach den wenigen noch sichtbaren Spuren der Gartenanlagen des Prinzen von Nassau, die mich seit meiner Jugend beschäftigt hatten. Von hier aus sah ich die Silhouette der Stadt jenseits der Weiden und die noch deutliche Korrespondenz zwischen ihrem leicht erhöhten Standpunkt und diesem eigens aufgeschütteten Hügel, auf dem ich stand. Wo nun Felder waren in der langgezogenen Ebene, hatten sich früher die Gartenanlagen ausgebreitet, die so großräumig angelegt worden waren, daß sie das ganze Umfeld der Stadt mit einbezogen, damit jene als Mittelpunkt einer künstlichen Landschaft erscheinen konnte. Nun freilich war von ihr nichts mehr vorhanden. Wie überhaupt für den, der die Pläne nicht kannte, nicht viel mehr von allem zu finden war. Ich stand lange und rekonstruierte in meinem Kopf das, was vergangen war, so daß sich endlich alles für mich belebte, keine Wildnis mehr war mit zufälligem, verworrengestaltigem Buschwerk, wucherndem Unkraut und struppigen Wiesen, mit Weidezäunen versetzt. Damals störte kein austreibender Baum die Symmetrie, die ausgedacht worden war, um die Natur fügsam zu machen und sie zu gliedern in klare geometrische Linien, die dem gewöhnlichen Wachsen der Pflanzen fremd ist, und um so etwas herzustellen, was als Gesamtes von der Ordnung zeugte, die im kleinsten Teil den Bau jedes Lebewesens bestimmt. Mit der Akkuratesse, wie Bausteine zusammengesetzt werden, war hier die Landschaft aufgeteilt gewesen, durchzogen von Kanälen, die zu Teichen führten, aus denen das Wasser in Fontänen hochgetrieben worden war. Gleichmäßig grün dehnten sich die Rasenflächen, rundeten sich an den Flußufern ab, während unweit davon sich die Alleen verschränkten. Jene Allee war berühmt, am nächsten des nun längst schon nicht mehr vorhandenen Schlosses, aus deren Bäumen, unterhalb der Kronen, Wasser sprang, in feinen Bögen einander zugewendet. Man ging darunter wie unter einem feuchten Laubengang und bemerkte nichts vom Geschick des Gärtners, welcher unsichtbare Schläuche in die Baumrinden verlegt hatte, um das Erstaunliche zuwege zu bringen, daß dort Wasser strömte, wo es nie zu vermuten gewesen war. Es vermischte sich mit der Luft und den Zweigen, dem Schatten des Laubwerks und der Stille, in die es einfiel, hinab auf die Ränder des Kiesweges. Ich empfand die Freude, die solch ein Park erwecken mußte, eine Heiterkeit, die selbst mit dem rauhen Klima dieser Gegend versöhnen konnte.

Mein Wunsch, über all dieses zu schreiben, wurde dringlicher, so, als hätte ich damit die Möglichkeit, eine Brücke zu schlagen zwischen der empirischen Anschauung aller Dinge, wie sie mir entsprach, und der rationalen, die ich gelernt hatte. Das Widersprüchliche von Natur und seiner Idee von ihr, der sie untergeordnet wurde, dieser Herrschaftsanspruch, der sie zum Park formte, das war ein Thema, über das ich oft mit Freunden geredet hatte.

Wieder absteigend, kam ich zum Grab des Prinzen, in dem er nur kurze Zeit beerdigt worden war, ein Grabmal, dessen feuchte Ziegelmauer, auch wenn sie halbrundförmig an Arkadisches erinnerte, nicht mehr war als die rohe Gestalt der Absicht, die sie geschaffen hatte. Längst waren die Marmorplatten, die sie verkleidet hatten, und die Büsten und Amphoren, die in den Nischen gestanden hatten, fortgebracht worden. Der Schatten der Bäume, die das Grabmal umstanden, war über allem, naß-schwarz lag das Laub noch vom vorigen Jahr auf dem Boden. Den Himmel konnte ich nur durch winzige Lücken im Blattwerk sehen. Es war still, und ich kam mir wie ein Taucher vor, der hinabgestiegen war, schwerfällig und sonderbar schwebend. Ich legte die Hand an die Mauer, um abzutasten, was ich sah, und ging hinter der Grabstätte herum. Meine Füße spürten das Laub, verschoben die mit Erde verbundenen feuchten Plaggen. Ich hörte das Rascheln eines Tieres, ein Knacken, dann blieb es still. Ich glaubte nicht an Dämonen, doch vielleicht waren sie vorhanden. Alles wurde bedeutsam durch mein Verharren und Horchen, meinen sonderbaren Tauchergang, und weil ich

nicht fassen konnte, was ich bemerkte. Jede Form war ein Schild für etwas anderes, das zugedeckt wurde.
Gleich darauf bekam ich zu wenig Luft in meiner Taucherglocke, und ich lehnte mich an einen Baum, bis ich sah, daß in ihm Eisenstangen eingewachsen waren, die zum nächsten Baum führten. Das Eisen war vom Rost schrindig und rauh in meiner Hand. Ich tastete mich an ihm entlang zum nächsten Baum, und währenddessen sah ich nichts, was sich bewegte, und doch spürte ich eine Bewegung. Ich war eingeschlossen in ihr und konnte nicht darauf antworten und rief mir wieder das zuvor gedachte Bild des Parks ins Gedächtnis, wie die Lösung einer Aufgabe, die dem Plan eines Kreuzworträtsels entsprach, um meine Beklemmung zu überwinden.
Ich bin zu früh vom Land fortgegangen oder nicht lange genug fortgewesen, sagte ich mir, sonst wäre ich selbstverständlicher hier oder endlich gelassener. Als ich aus dem Dickicht herauskam, wieder auf der Straße stand und mich zum Parkplatz wandte, sah ich einen Zettel, der mit zwei Reißzwecken an einem Baum befestigt worden war. Weit und breit war kein Haus zu sehen, und ich war neugierig, welche Nachricht hier jemanden erreichen sollte. Der Zettel hing hier wohl schon länger, war braunfleckig von Regen und Licht; der Text war eine Nachricht, die Kinder geschrieben hatten für eine Schatzsucherfahrt. Auch wir hatten dies Spiel gekannt, hatten Schnitzeljagden gemacht mit den Fahrrädern. Von einer Nachricht zur anderen waren wir den verschlüsselten Botschaften gefolgt, die uns am Ende zu irgendeinem obskuren Ort geführt hatten: einem verlassenen Haus, einem hohlen Baum. Als Schatz lag dort dann ein Beutel mit kleinen Dingen, die uns faszinierten, von uns allen zusammengetragen und gestiftet für den Sieger dieser Tour.
Ich las den Zettel: »Fahrt, bis die Kirchturmspitze direkt senkrecht über einem weißen Stein steht. Links abbiegen. Über drei Wegkreuzungen. Am Fluß entlang. Dort, wo zwei Erlen sehr nah zusammenstehen, sucht rechts. In der obersten Astgabelung findet ihr die nächste Nachricht.«
Ich riß den Zettel ab und steckte ihn zerstreut ein, war kein Mitspieler mehr, und doch war es wie gestern erst, daß er mir gegolten hatte.

Ich erinnerte mich an einen Satz von Christian Boltanski, einem Künstler, dessen Arbeiten ich mir immer wieder angesehen hatte, sobald sich eine Gelegenheit dazu bot. Mit Schreibmaschine hatte er ihn unter ein Bild geschrieben, auf das er viele Kinderfotos eng aneinandergeklebt hatte, die wohl schon dreißig Jahre alt waren und Altersgenossen seiner Kindheit zeigten, so wie sie damals gewesen waren, gebannt im Augenblick: auf der Schaukel, lachend, einen Ball hochwerfend, einen Hund im Arm. Jungen und Mädchen, ihm wie mir von der Person her unbekannt. »Alles geschieht, als lägen die Erinnerungen, die ich suche, nicht in meinem Gedächtnis, sondern in der mich umgebenden Gegenwart . . .«

Was immer sie auch sagen, ich höre ihnen zu, aber akzeptiere es nicht. Ich besorge mir Bücher über Aphasie, lese über Verletzungen des Gehirns, die das Sprachzentrum zerstören, den Verunglückten unfähig machen, mit Worten auszudrükken, was er sagen will. »Es ist so, als wäre man abgestürzt in ein Land hinein, dessen Sprache einem vollkommen fremd ist, und in dem man nichts versteht von dem, was einem gesagt wird, und nichts äußern kann, was man zu sagen wünscht. Das führt dann eben zu dem Ausstoßen eines Wortsalats, wie wir es nennen, oft von Aggressionen begleitet, weil der Zustand, sich nicht verständlich machen zu können, der allerschrecklichste ist. Im gewissen Sinne ist es, wie lebendig begraben zu sein. Der Mensch nimmt an allem teil, ohne daß er sich beteiligen kann, zumal wenn noch die Unfähigkeit, sich schriftlich auszudrücken, dazukommt. Es hängt also alles davon ab, ob es gelingt, daß diese Fähigkeit, die richtigen Worte für einen Gedanken zu finden, wieder aktiviert werden kann. Das heißt, es ist eine Frage der Therapie und ob sie rechtzeitig genug einsetzt, und bedingt vom Ausmaß der Zerstörung, die geschehen ist. Zudem reagiert in solch einem Fall jeder anders, abhängig auch von seiner Vorgeschichte, seiner körperlichen und seelischen Konstitution zuvor«, sagt Dr. Fuchs, der endlich wieder angerufen hat. Ich habe ein Lehrbuch vor mir liegen, frage nach Assoziationsbahnen, von denen ich las, der Möglichkeit des Gehirns, Aufgaben von zerstörten Teilen auf andere zu übertragen.

»Lesen Sie John Eccles«, sagt Dr. Fuchs. »Aber wie gesagt, jeder reagiert da anders.«
Hör dir das an, sage ich zu Martin, als säße er neben mir, hörst du, alles ist möglich, so weit sind wir nun. Hast du mir nicht von Meister Eckhart vorgelesen: Die Seele hat zwei Augen, das äußere, auf die Welt gerichtete, nehme die sinnlichen Dinge wahr, das innere hingegen sei auf Gott und das ewige Sein gerichtet.
»Rufen Sie mich an, wenn Sie einen Rat brauchen«, sagt Dr. Fuchs. »Danke, ja«, antworte ich und starre auf die Zeichnung, die ich im Buch aufgeschlagen habe: der innere Schädel. Angegeben sind die Bezugspunkte zum Körper, die Füße ganz oben an der Schädeldecke, während der Kopf im Kopf seine Zentralstelle im tiefstliegenden innersten Platz findet, der Körper ist hier spiegelgleich zum äußeren Bau.
Den Arzt im Krankenhaus kann ich selten sprechen, auch weiß er mir nie etwas Konkretes zu sagen. »Sie müssen abwarten«, sagt er.
Von Josef und Britta hörte ich nichts mehr, seit sie fortfuhren. Aber ich weiß, daß sie mehrmals im Krankenhaus anriefen, um sich nach Martin zu erkundigen. Ich besuchte die Logopädin, und sie versprach mir, Martin zu behandeln, sobald er fähig sein würde, zu ihr zu kommen. Doch noch darf er das Krankenhaus nicht verlassen. Ich war nie geduldig, jetzt werde ich es lernen.
Ich nehme alles draußen nur wahr, um dir davon zu berichten. Die Azaleen sind verkauft, so erscheint es doch noch ein halbwegs erträgliches Jahr für die Gärtnerei zu werden, zumal auch die Eriken gut stehen. Andreas führte mich durch die Gärtnerei, um mir das Eintopfen der kleinen Pflanzen zu zeigen, die fürs nächste Jahr vorbereitet werden. Es war überaus warm, und er ging mit nacktem Oberkörper neben mir, er ist schön, und ich hätte ihn gern berührt. Damals war ich mit dir glücklich wie geschichtslos, jetzt wäre das anders. Dies ›wäre‹ macht mich verrückt. Bitte erinnere dich, es war und wird sein. Die Kindheit war das Paradies, weil alles Gegenwart war, sagtest du, jetzt denk' ich oft daran. Meine Kindheit waren die achtzehn Monate mit dir, die Nächte mit dir und die Tage. Vielleicht haben sie recht, und du verstehst meine Worte nicht, aber das Bewußtsein reicht weiter, als durch Mitteilungen erkennbar wird. Du hältst meine Hand,

während dein Blick an dem einzigen Bild in deinem Krankenhauszimmer haften bleibt, als eröffne dir diese unwahre Berglandschaft dort, mit dem Alpenglühn und der liegenden Kuh auf dem unmöglichen Grün der Almwiese, einen Einstieg in ein fernes, nie betretenes Land. Ist das eine der Reisen, die wir miteinander machen wollten, eine Reise zu den Dingen und Menschen hinter den Bergen, zum Fremdartigen, das unseren Wünschen gleicht? Nichts ist hier von all dem Üppigen, Kühnen, Glänzenden. Eingesperrt sind wir miteinander im Nützlichen, und ich frag' mich, ob dir so nicht die Lust vergeht, die unerhörte Anstrengung zu machen, zurückzukehren. Außer dem Bild gibt es nur noch ein Kruzifix an der Wand über deinem Bett. Gott ist die Notwendigkeit. Das Holz dort wirkt wie die millionenfachste Wiederholung einer Nachricht von einer Wahrheit aus einer Zeit, als man noch kräftig genug war, sich der Not zu stellen.

Ich red' mich zu dir hin, und du berührst mein Gesicht, tastest es ab mit den Fingern, als müßtest du es dir einprägen oder dein Gedächtnis überprüfen tastest auch das Gesicht der Schwester ab, die es sofort zurückzieht, als wäre es ungehörig, etwas zu erfassen, indem man es berührt. Solche natürlichen Dinge sind uns aberzogen worden, doch lernen wir es wieder durch dich.

Ich sage, weißt du noch, als wir am Sonntag vor deinem Unfall schwimmen gingen im Wisseler See. Der Himmel war fern und leicht und die Hitze wie ein Schirm darunter. Wir suchten uns einen Platz am Rand der Anlage, denn zum Wasser hin lagen die Leute eng nebeneinander, und jene, die schwimmen gehen wollten, mußten über sie hinwegsteigen. Es roch von der Bude her nach heißem Fett, und es roch nach dem Wasser und den vielen Menschen. Manchmal war auch der andere Geruch da, jener, der uns begleitet hatte, als wir hergefahren waren, mit den Fahrrädern die Feldwege entlang. So riechen Blumen, die verdorren, und Erde, die trocknet.

Im Wasser ließen wir uns treiben, immer in Gesellschaft von anderen, die zufällig da waren. Und doch, wenn ich die Augen zusammenkniff, nah vor mir das Wasser sah und die Lichtspritzer darauf, als wären sie greifbar, war es so, als schwämmen wir weit draußen auf dem Meer. Wir tauchten unter, hielten krampfhaft die Lider offen. Lautlos war alles hier, wie stehengeblieben, erwartungslos. Als ich auftauchte, schwamm gelassen eine alte Frau vor mir. Ihre Badekappe war voller blonder Locken. Sie lächelte mir zu, und ich lächelte zurück. Hörst du mir zu? Ist das wirklich schon vergangen, beschreib' ich das, was als verloren gilt? So wie die Bauersfrau, die neben uns wohnt und die voriges Jahr Witwe wurde. Als wir sie besuchten, saß sie in der guten Stube auf dem Sofa und sah sich Fotos an und erklärte ihren drei Kindern, was darauf zu sehen war. Und die Kinder standen daneben, ungewohnt dunkel angezogen und mit unbewegten Gesichtern, und wußten nicht, wie sie sich verhalten sollten, da der Mutter die Tränen über die Wangen liefen, während sie redete.

»Ich will nicht mehr normal sein«, sagte ich meiner Mutter, die mich zum wiederholten Male anrief und mich beschwor, doch vernünftig zu sein. »Sieh es als Glück an, daß du dich nicht gebunden hast. Kümmere dich um deinen Beruf.« Sie hatte auf irgendeine Weise die Telefonnummer von Josef herausbekommen und mit ihm gesprochen, der ihr Martins Zustand wohl als unheilbar geschildert hat.
»Du mußt vernünftig sein.«
Ich sehe sie vor mir, ihr Gesicht wie mit blassem Staub bedeckt, sie, die zeitlebens ängstlich und vernünftig war, nie eins mit sich wurde. Jetzt sitzt sie dort im Flur am Telefontischchen, auf dem immer ein kleiner Blumentopf steht.
»Nimm es so, wie es ist«, sagt sie. Ihre Vergeßlichkeit macht mir Sorgen, sie weiß nie, wie etwas ist. Ihr Leben verläuft langsam, ganz verwachsen ist es mit dem Alltäglichen, das sie beharrlich durch Wiederholungen befestigt, einen Schutzwall aufbauend. So hat sie sich eingerichtet mit ihren Fähigkeiten, den verkümmerten, und ihren Wünschen, die nicht übers Erreichte zielen.
»Du mußt an dich denken.«
Ich horche ihren stereotypen Sätzen nach, als wären es Klopfzeichen, versuche sie zu beantworten: »Mach dir keine Sorgen.«

Ich bin in der Eifel gewesen und habe die Klinik besucht, die Dr. Fuchs mir genannt hatte, weil es dort die für Martin notwendigen therapeutischen Möglichkeiten gibt. Doch nützen mir die Informationen nichts, die ich erhielt, denn

alles hängt von seinem Zustand ab und dessen Beurteilung durch die Ärzte im Krankenhaus. Sie entscheiden, ob die Unterlagen überhaupt weitergegeben werden oder nicht. Ich bat Dr. Halling und Dr. Jansen darum, schrieb auch an Josef, denn ich weiß, daß er gelegentlich mit Dr. Jansen telefoniert.
Doch nichts geschah. Man ließ sich Zeit, vielleicht absichtslos, einfach weil sie innerhalb dieses Gebäudes nicht so zählt wie außerhalb. Hier tritt jeder Tag in die Spur vom Vortag, so kommt Spontanes nur noch als Unglücksfall vor und wird sofort isoliert. Nichts hindert weitergehend den stetigen Ablauf, der so reibungslos ist, daß der Eindruck des Stillstandes entsteht, ein Synonym für Tod, dessen Geruch sich hier wohl schon deswegen nie ganz verliert. Ich will fortgehen mit Martin, durch die gläserne Haupttür hinaus, die sich automatisch und leise wieder schließt, ohne jegliche Kontrolle. Doch unsere Spaziergänge bewegen sich nur im erlaubten, vernünftigen Rahmen, weil wir immer, Verschlimmerung fürchtend und Besserung hoffend, ausgeliefert sind den Anordnungen. Wir fahren im Aufzug, der so geräumig ist, daß zugleich zwei Betten darin transportiert werden können, bis ins Erdgeschoß und gehen im Innenhof die wenigen Schritte hin und her, die möglich sind. Über Kreuz führen die Wege, beendet jeweils von einer Bank, auf der schon die anderen sitzen. Er stützt sich auf mich, geht noch schwerfällig, obwohl sein Körper zarter geworden ist, verlassen von der Vitalität, die ihn sonst kräftig erscheinen ließ.
Die Kranken auf den Bänken sind uns so gut wie unbekannt, und das auch wieder nicht, denn es gibt eine heimliche Verbindung zwischen ihnen allen und uns, hergestellt durch die Drohung des Schmerzes. Jene, die wir immer wieder treffen, grüßen wir. Martin nickt mit dem Kopf, oft bleibt er, wenige Schritte weiter, stehen und stößt erregt Worte aus, auf die es keine Antwort gibt. Doch sind seine Gedanken nicht wirr, was jede seiner Handlungen mir beweist.
Bei schlechtem Wetter gehen wir durchs Treppenhaus, bis zum Zeitungskiosk in der Eingangshalle, den Korridor entlang, der sich vor der Ambulanz zu einem Raum ausweitet, und die westlich gelegene Treppe wieder hoch.
Martin betrachtet die Eingelieferten, die vor der Ambulanz

warten, mit dem gleichen Ausdruck wie sich selber neulich im Spiegel, als ich zufällig von ihm unbemerkt in sein Zimmer gekommen war. Er versuchte zu sprechen, beobachtete seinen Mund dabei, schwieg plötzlich und horchte dem Klang nach, als hätte er ihn nicht selber eben hervorgebracht, wiederholte dies mehrmals und zwang sich dabei zur äußerst schmerzhaften Aufmerksamkeit. Mit dem gleichen Ausdruck sieht er nun sie an, die dort auf den Bänken sitzen, notdürftig verbunden, begleitet von Leuten, die den Mantel, die Tasche des Verunglückten noch festhalten wie Requisiten einer Szene, die schon vorbei ist. Und er zögert bei jenen, die mit dem Unfallwagen hierhergebracht worden sind, entstellt, fahl, wie brüchig die Haut, liegen sie auf Bahren, den Körper mit Tüchern abgedeckt, den Kopf ins Kissen gedrückt, versuchen sie auszuweichen, ohnmächtig erscheinend, sind sie ganz beschäftigt damit, die Angst abzuweisen, um sich noch zu halten. Wenig Blut ist sichtbar, doch wirkt alles blutig und spottet der Gesunden, so als habe das Unglück sie nur zufällig noch nicht erreicht. Ich bin hilflos im Vorübergehen. Wendete ich mich zuerst oft ab, sobald eine der hochbeinigen Liegen nah an mir vorbeigeschoben wurde, so sehe auch ich jetzt an, was zu sehen ist, da Martin, langsam weitergehend, alles aufnimmt, als müsse er darüber Rechenschaft ablegen, in welcher Beziehung er zu den anderen dort lebt.

Ich bringe ihm meine Postkartensammlung mit, damit er aussuchen kann, welche Karte er mit einer anderen verbinden will, um selber eine Geschichte darzulegen. Und er wählt aus, blättert sie auf die Bettdecke, und sie geben, in welcher Zusammensetzung auch immer, für mich einen Sinn, der liegt begründet in alldem, was wir gemeinsam gemacht oder geplant hatten. Die Bilder, die er aussucht, illustrieren die Welt in unserem Kopf, verbinden sie mit anderen. Es ist möglich, daß wir oft das gleiche meinen. Manchmal gehe ich davon aus.

Ich erzähle ihm, wie ich als Kind die Postkarten sammelte und später nur noch einige von Sizilien dazutat, nach der frühesten Reise, die ich ins Ausland machte, bevor ich mein erstes Engagement antrat. Und ich rede auch von den Reisen, die wir miteinander machten, den Fahrten ans Meer, von unseren Spaziergängen am Strand und in den weichen Schlick hinein bei Ebbe, und davon, wie der Garten jetzt riecht, morgens, wenn ich aus dem Haus gehe, süßlicher Erdgeruch, du kennst ihn, und mit dem Fahrrad an den Hecken vorbeifahre, das Entsetzen vorm Geschehenen wieder an der Kehle, und das Neblige versetzt das Gewohnte. Ich schildere ihm die Empfindung des Ungefähren, hinter dem ich oft zu Unrecht ein Geheimnis vermute, vor allem nachts, wenn ich nicht schlafen kann und hinaussehe und warte, daß es draußen hell wird. So fülle ich die Zeilen zwischen zwei Wegen, die ein Feld begrenzen, das wir umwanderten, mit anderen Geschichten, die jene oft erzählten wieder zudecken, so daß sie sich erholen können.

Ich sage, daß die Scheune der Bäuerin nebenan wieder gebrannt hat. Es ist nun das dritte Mal in zwei Jahren, daß dies geschehen ist, und nichts deutet auf Brandstiftung hin. Ich folge einer Geschichte, treffe auf eine andere, und einerlei von welch verschiedenen Dingen sie handeln, sie treten in Beziehung zueinander, wie die Bilder auf den Postkarten, die er in immer schwierigeren Kombinationen auslegt, und endlich erscheint mir alles wie ein durchsichtiges Gewebe zu sein, das zu keiner Seite hin eine Fläche bildet.

»Hier«, sagt er, als ich fortgehen will, da es draußen dunkel wurde, und ich annahm, er wäre eingeschlafen. Dabei hebt er den Kopf und legt ihn fast schräg auf seine linke Schulter, wiederholt die Geste, damit ich weiß, daß ich an seiner Seite bleiben soll.

Die Nachtruhe hat längst eingesetzt. Würde man es mir erlauben, bliebe ich auch nachts, schliefe neben ihm und sei es auf dem Boden, so wie er bei mir im Zimmer auf dem Teppich lag, frühmorgens, wenn ihm mein Bett zu eng geworden war. »Hier«, sagt er, wie könnte ich fortgehen.

Wenn wir allein sind, umarmt er mich mit dem rechten Arm, den er mit der linken Hand heranzieht, so daß er mir auf der Brust liegt, behutsam, als wäre ich der Gefährdete.

4

Eines Morgens waren die Gäste da. Augustin, dem ich auf seinen Brief an Martin geantwortet hatte, Lorenza und Bernward. Als ich aufgestanden war, sah ich sie im Garten auf der Bank sitzen. Sie frühstückten, hatten Brot und Käse auf einem ausgebreiteten Tuch vor sich auf der Erde liegen. »Soll ich Kaffee kochen?« fragte ich, und so begann unsere gemeinsame Zeit.

Ihren VW-Bus hatten sie vorm Haus geparkt, und Lorenza tätschelte ihn im Vorbeigehen, als sie ihr Zeug nun herausholte. Er war so verdreckt, daß man kaum noch seine gelbe Farbe erkennen konnte. »Wir haben ihn von der Post geerbt«, sagte Lorenza. Sie waren seit drei Monaten unterwegs, weil Augustin sich Material für eine Examensarbeit besorgen mußte, immer von einer Adresse, die ihnen von Freunden gegeben worden war, zur anderen. Lorenza war Augustins Freundin, und Bernward liebte beide.

»Feines Haus«, sagte Bernward, als sie alle hereinkamen. »Es ist Martins Haus, er hat es von seinem Vater geerbt.«

»Na, wenn schon. Wir haben schon lange nicht mehr in so einem Haus gewohnt.« Er sah mich an, überlegte wohl, ob ich erträglich sei, und ich war froh, daß ich so nachlässig angezogen war, fast wie Lorenza. Auch sie trug Jeans, aber das flatterige Hemd anders als ich, in der Taille mit bunten Leinenbändern umwickelt, und Lederschnüre um den Hals mit Perlen und Amuletten daran. Sie war gut zehn Jahre jünger, rundlicher und weicher, und bewegte sich so ungezwungen, wie ich es nie vermocht hatte.

»Nett, daß wir kommen konnten.« Augustin schien immer den förmlichen Teil jeder Angelegenheit abzuwickeln.

Ich war etwas hilflos. »Sie hätten mich ruhig wecken können.«

»War doch nicht nötig.«

Sie gingen neugierig durchs Haus, von dem Martin ihnen nie etwas erzählt hatte, öffneten auch die unbewohnten Zimmer. Ich führte sie nicht, ging nur mit, lief hinter ihnen her.

»Was könnte man hieraus machen«, sagte Lorenza und sah sich um, als wäre sie schon dabei, es einzurichten.
»Es gibt auch eine Geheimkammer«, ich öffnete einen Schrank, durch dessen hintere Wand wir in einen niedrigen Raum gelangten, der fensterlos war.
»Hier versteckte sich Martins Onkel, als er im Krieg desertierte. Man sagt, er habe Heimweh gehabt.«
»Und wurde er entdeckt?«
»Nein, doch eines Tages kam er selber heraus und lief schreiend durch den Ort, bis man ihn festnahm und erschoß.«
»Da sieht man es mal wieder«, sagte Bernward, und was immer das auch heißen sollte, ich fragte nicht danach. Fragte sie vorerst überhaupt nichts, ließ sie bestimmen, in welchen Zimmern sie schlafen wollten, und merkte dabei, daß ich mich immer noch selber hier als Gast fühlte.
Sie wollten nicht unser Schlafzimmer haben, das ich ihnen anbot. »Wir nehmen zwei der anderen«, sagte Augustin, »wenn wir sie etwas herrichten, wird es schon gehen.«
Also fegten wir das Zimmer, in dem Martins Mutter und seine Tante gestorben waren, und das anschließende, das Martin noch immer das »Mädchenzimmer« genannt hatte, obwohl es schon seit Jahrzehnten kein Mädchen mehr im Haus gegeben hatte, überhaupt niemanden mehr, der zur Hilfe gekommen wäre.
Sie legten ihre Schlafsäcke hin und warfen ihre Kleider auf die Stühle, alles schnell und wie beiläufig.
»Wie geht es Martin? Sagt er jetzt was?« fragte Augustin.
»Nicht viel«, antwortete ich.
»Immerhin etwas.«
»So kann man es sehen.«
»Nimm ihn nicht ernst«, sagte Lorenza.
»Heißt du wirklich Lorenza?«
»Ja, weil ich es bin.«
»Klingt doch einleuchtend«, erklärte Bernward und sah Lorenza wieder an, als müsse er prüfen, ob sie sich auch nicht verändere.
Bevor ich ins Krankenhaus fuhr, wollte ich ihnen zeigen, wo sie in der Küche finden konnten, was sie vielleicht brauchten. Aber sie meinten, es sei nicht nötig, und wieder merkte ich, daß ich älter war als sie, und fühlte mich ungeschickt. Doch

gefiel es mir, wie sie Besitz ergriffen vom Haus, so auf ihre selbstverständliche, scheinbar ziellose Art. Augustin blätterte in Martins Büchern, und ich überlegte, ob ich seine Aufzeichnungen weglegen sollte, ließ es dann aber.
Wir gingen zusammen in den Garten, und sie sagten, sie seien schon im Treibhaus gewesen und hätten mit Karl Anton gesprochen.
»Eine schöne Tochter hat er«, sagte Bernward, »sie will uns nachher besuchen.«
Seit Martin im Krankenhaus lag, war Ida nicht mehr ins Haus gekommen.
»Sie ist ein Puck«, sagte ich und erinnerte mich, wie sie Martin früher begleitete, wenn er aufs Feld hinausging und nicht abließ mit Fragen. Sie sah ihm zu und fragte, was er täte, so als genüge ihr nicht, was sie sah.
»Sie hat gesagt, Martin kommt nicht wieder«, erklärte Augustin.
»Doch, er kommt zurück«, rief ich erschrocken, »sie weiß nicht, was sie redet. Sie weiß nicht mal, wo er ist.«
»Warum sagt es ihr keiner?«
Lorenza nahm eins ihrer Amulette ab und legte es mir um den Hals, eine silberne Hand mit Zeichen darauf, die keiner von uns lesen konnte, so war es ein Schutz, der anonym blieb.
Ich nahm das Fahrrad und fuhr fort, die Allee hinunter, dann auf der Chaussee und durch den Ort, den direktesten Weg, weil es schon später als gewöhnlich geworden war.
Als ich an der Ampel halten mußte, zog ich mir den Pullover an, den ich auf dem Gepäcksitz unter die Gummiriemen geklemmt hatte. Es war kühler geworden und sah nach Regen aus.

•

Karl Anton war bei Martin. Er saß auf dem Besucherstuhl, ziemlich entfernt vom Bett, aber so, daß die beiden Männer sich gut sehen konnten. Die Zeitungen, die er Martin mitbringen wollte, behielt er auf den Knien, hielt sie fest, wußte nicht, wohin mit ihnen.
Martin erkannte ihn wohl wieder, konnte aber nichts erwidern auf das, was Karl Anton immer einsilbiger sagte. In gewohnter Umgebung wäre es nicht schwierig gewesen, eine Zeitlang ohne zu sprechen auszukommen, in der Gärtnerei zum Beispiel hatten beide zu tun gehabt. Aber hier gelang

nicht mal eine freundschaftliche Berührung an der Schulter. So blieb Karl Anton auf dem Stuhl sitzen, und Martin im Bett versuchte Unartikuliertes, was ihm den Anschein des Debilen geben mußte, schwieg dann, als müsse er sich selber erst orten, in dem, was er kann und was nicht, sich einrichten mit dem Entsetzen, und Karl Anton stand auf und sagte: »Du wirst müde sein«, und »Na, hier hast du ja Ruhe.« Und nun ging er doch auf Martin zu, faßte seine Hand an, und Martin bewegte sie nicht, drehte den Kopf fort, sah zum Fenster, als wäre der Besucher längst gegangen und er beschäftigt mit seinen Gedanken. So verteidigte er sein unverletzbares Selbstbewußtsein gegen alle Anmaßungen, ihn als Krüppel anzusehen.

Ich bin mit Lorenza und der Bäuerin in der Küche. Es ist das erste Mal, daß sie hergekommen ist, abgesehen von dem einen Mal, als Martin und ich unser Fest für die Nachbarn machten, zu Beginn unserer Zeit hier. Damals war noch ihr Mann dabeigewesen, ein kräftiger Mensch, der fast nie was sagte, und wenn er sprach, so nur Platt, das für mich holländisch klang und unverständlich war.

Wir hatten mit Brettern und Böcken aus der Gärtnerei einen langen Tisch im Garten gemacht für eine »ausgebreitete Geldersche Kaffeetafel«, zu der Torten und Kaffee genauso gehörten wie Fleischsülzen und Bier. Die Bäuerin war mit mir ins Haus gegangen, um mir zu helfen, und hatte sich mit sicherem Blick umgesehen, doch ohne unangenehme Neugier und anscheinend auch ohne zu werten, daß wir keine Teppiche auf den weiß angestrichenen Holzbalken des Fußbodens hatten und die von uns bewohnten Räume vergleichsweise leer waren.

Jetzt sitzt sie mir gegenüber. Sie will mich nicht kränken, aber auch nicht verschweigen, was sie denkt. Karl Anton hatte ihr von seinem Besuch bei Martin erzählt und gesagt, daß es ihm nicht möglich gewesen sei, auch nur irgendeine verständliche Antwort zu erhalten. »Es ist ein Unglück für ihn und für alle hier.«

»Nein, so ist es nicht«, unterbreche ich sie, »er lernt wieder zu sprechen. Es geht schon viel besser.«

Zwischen uns liegt die Ente, die sie mitgebracht hat, weil sie meint, ich würde aussehen wie jemand, der zu selten ißt. Sie

hat das Tier schon ausgenommen, nur Magen und Herz wieder in die Bauchhöhle zurückgelegt. Abstoßend kalt geworden liegt es in der Plastikhülle auf dem Tisch, fleischig gelb, und wenig Blut bläht seitlich die Folie auf, verschwimmt blasig. Bernward hat am Morgen den Tisch und den Fußboden der Küche gescheuert. Es sieht sauberer aus als sonst, als hätten wir Besuch erwartet. Aber Bernward würde nie putzen, weil Besuch kommt.
»Es wird also wieder mit ihm. Sie wissen nicht, wie uns alle das freut.«
Ich denke daran, wie Martin mich ansieht, wenn ich etwas Unaufrichtiges sage, etwas, um ihn zu trösten oder mich. Auch wenn er nicht antworten kann, vielleicht gar nicht genau die Worte begreift, die ich sage, so nimmt er doch intuitiv auf, was sich in ihnen verbirgt. Dann blickt er mich erstaunt, ja, verletzt an, als wolle er sagen: Du hörst doch selber, wie falsch das klingt.
»Vielleicht wird er nie mehr sprechen können wie zuvor«, sage ich also, um zu der möglichen Wahrheit zu kommen, die nicht verschwiegen werden soll, auch wenn ich mir selber meist eine andere vorerzähle.
»Mein Vater hat bei einem Unfall auf dem Hof beide Füße verloren«, sagt die Bäuerin. Ich kenne die Geschichte, weiß, wie geduldig sie und ihr Mann jahrelang den unförmigen Alten jeden Morgen vom Schlafzimmer in die Küche trugen, und wie sie es nun, da der Mann tot ist, mit den Kindern schafft, indem sie ihn die Treppe hinunterschieben und zerren und hochheben auf seinen Stuhl.
»Das ist eine Sache, mit der man fertig wird. Aber wenn es einer im Kopf hat...« Sie bricht ab, etwas Unschickliches war passiert.
»Man kann es ganz natürlich nehmen«, antworte ich und weiß nicht, wie ich reagiert hätte, würden wir nicht von Martin sprechen.
Lorenza kocht, während wir beide am Tisch sitzen. Sie hat wieder das leicht Abwesende, das ihr zu eigen ist, so eine freudige Gelassenheit, die ganz für sich allein bestehen kann. Manchmal erzähl' ich ihr von Martin und mir, dem Haus und dem Theater, doch vielleicht will sie auch das gar nicht hören, ich erfahre es nicht. »Sie kocht gut«, sage ich zur Bäuerin, die mir gegenübersitzt, die Arme auf den Tisch gelegt. Ihr Kleid

umspannt Brust und Bauch, die scheinbar übergangslos eine feste, runde Wölbung bilden. Lorenza greift nach der Ente und zieht die Folie ab. »Ich mach' das schon«, sagt sie, »du brauchst dich nicht zu kümmern.«
Und die Bäuerin wendet sich zu Lorenza, und beide bereden die beste Art, die Ente zu bereiten.
»Es ist eine Flugente«, sagt die Bäuerin, »die haben einen besonderen Geschmack. Schon der Vater meines Mannes züchtete sie.« Und ich möchte aufstehen, aber meine Beine sind fest auf der Erde unterm Tisch, und der Traum der letzten Nacht ist wieder gegenwärtig, daß wir eingeschlossen sind in einem Raum. Ich lächle die Bäuerin an, die zurücklächelt, als wüßte sie Bescheid, und Lorenza hält die Ente unter den harten Wasserstrahl.

Ich werde mir selber gleichgültiger, bin nur hier, damit du mich wiederfindest, wenn du zurückkommst, bleib' so, gehalten auch vom Haus. Augustin und Bernward besprechen mit mir die notwendigen Umbauten, wie sie es sich vorstellen. Und ich mache mit, als könnte ich so dir helfen, und helfe mir selber, indem ich mich tätig halte, beschäftigt auf eine Zukunft hin, als hätten wir noch eine, die abhängig sein könnte von solchen Projekten.
So saßen auch wir beide damals und besprachen, was wir tun wollten mit dem Haus, mit der Zeit, die vor uns lag, wie wir sie einrichten sollten nach unseren Wünschen, nach seinen und meinen, was bei Martin hieß, ein Haus, wie er es in seiner frühesten Kindheit gekannt hatte. Dafür genügte es nicht, nur wiederherzustellen, was dagewesen war, sondern, um diesen Eindruck zu erwecken, mußte alles so geordnet werden, daß es dem entsprach, wie er es aufgefaßt hatte: ein geräumiges Haus, in dem alles klar zutage trat.
Unsere Vorstellungen verbanden sich leicht mit der ursprünglich klassizistischen Grundkonzeption des Hauses, die noch in der Gliederung der Außenfront sichtbar, im Inneren aber kaum mehr bemerkbar war. Erst während ich mit den Gästen darüber sprach, wurde mir deutlich, daß, einerlei was wir taten, es immer nur eine vorübergehende Veränderung sein würde. Doch ließ ich mich davon nicht abhalten, mit ihnen immer wieder über die Umbaumöglichkeiten zu spre-

chen. Die Idee gefiel mir, Martin zu überraschen am Tag seiner Rückkehr.
(Obwohl mir dies dann auch wieder unwichtig vorkam, nahm ich doch an, er würde nicht zurückkommen, wie er gegangen war. Seit er im Krankenhaus lag, hieß Krankheit für mich Verbannung. Das Leben gab plötzlich nach, und schon war man von ihm isoliert, mit sich allein. So verlor sich wahrscheinlich die Wichtigkeit vieler Projekte.)
Lorenza hatte begonnen, das Haus zu fotografieren, und Augustin und Bernward maßen es aus, mit einem Eifer, der mich zeitweise ansteckte. Wir setzten die Fotos wie Puzzles zusammen, breiteten die Grundrisse aus, sorgfältige Skelettzeichnungen, die das Haus als ein vollkommen harmonisches zeigten. Doch selbst wenn wir die Mittel gehabt hätten, es getreu dem ersten Entwurf wiederherzustellen, meinte Bernward, er sei doch dafür, das eine oder andere der später hinzugefügten Veränderungen bestehen zu lassen. Nicht aus Pietät, sondern einfach, weil es so geworden war. Woraufhin Augustin schärfer seine Meinung formulierte, es sei grundsätzlich am besten, etwas ganz und gar Neues zu bauen, als immer am Vorhandenen herumzupfuschen. »Hätten wir die Kraft, wäre uns das Vergangene einerlei. Wir würden etwas Neues machen, etwas, was uns ausdrückt, und sei es auf Kosten des Alten.«
Er sagte »hätten« und »würden«, doch wies ich ihn nicht darauf hin, allzusehr war ich selber damit beschäftigt, mit Vergangenem meine eigene Zeit zu verlängern, da es mir nicht mehr gelang, mich mit dem Augenblick zusammenzutun.
»Sieht man genau hin, ist alles durchsetzt mit allem, ohne Entwicklung«, beharrte Bernward.
»Siehst du«, sagte Lorenza zu mir, »es ist eben doch keine Pietät, daß er immer alles erhalten will. Er ist nicht wie Augustin, für den nichts eine andere Funktion hat, als Baumaterial zu sein.«
»Da gibt es doch Unterschiede«, warf Augustin ein, doch Lorenza hatte sich schon wieder abgewendet und hörte ihm gar nicht mehr zu. Meistens beteiligte sie sich nicht an unseren Gesprächen, war allein beschäftigt mit dem, was sie tat. Sie fotografierte uns, die Räume, in denen wir saßen, das

Haus in jeder Beleuchtung, als würde sie so einem Geheimnis auf die Spur kommen. Vor allem morgens sehr früh, wenn die Zimmer noch leblos waren, ohne das Widerspiel des Lichtes, welches gegen Mittag Unruhe hereinbrachte, die sich am Abend wieder legte, sobald die Farben der Gegenstände im Zimmer härter und selbständiger wurden. Ganz abgesehen von den gleichmäßig zementgrau verschlossenen Tagen, die nun langsam die Überhand gewannen, und in denen es mir oft so vorkam, als verstärke sich das Geräusch des Landregens zwischen den Wänden. So regnete es auf uns, während doch nur die Tropfen an den Scheiben entlangrannen, bis der Himmel sich entleert hatte und milchig hinter den Bäumen zurückblieb.
Sie fotografierte erst seit einigen Wochen mit einer solchen Ausschließlichkeit, als gäbe es keine andere Tätigkeit für sie. Doch sagte sie, sie denke nicht daran, einen Beruf daraus zu machen, sie wolle überhaupt keinen. Im Keller hatte sie sich eine Dunkelkammer eingerichtet und machte dort von jedem einzelnen Negativ verschiedene Abzüge, welche sie wieder und wieder verglich, als fände sie erst beim Anschauen heraus, was sie vorgehabt hatte, festzuhalten.
Für mich hatten alle eines gemeinsam, sie zeigten Gesehenes, als wäre es ein Symbol für etwas anderes, das nicht greifbar und so zu fürchten war, auch wenn dies durch die Überbetonung des Atmosphärischen verschleiert wurde.
»Das ist spezifisch weiblich«, behauptete Bernward.
»Laß es gut sein«, sagte Lorenza, und er schwieg, verschwieg auch, was ihm fremdartig blieb und was ihn anzog, wenn er sie und Augustin beobachtete, kein Wort davon. Immer gleich behutsam und zärtlich ging er mit ihnen um und dehnte diese Aufmerksamkeit mit der Zeit auch auf mich aus, verfolgte nachdenklich, wie ich lebte. Er war der einzige, der mit mir öfters über Martin sprach, obwohl er ihn früher kaum gekannt und nur jetzt im Krankenhaus besucht hatte.
Zuweilen, wenn er mich allein traf, überraschte er mich mit Fragen, die immer wieder auf das gleiche zielten.
»Angenommen, es bleibt so mit Martin, wie es nun ist, was verbindet euch dann? Ich meine, wenn ihr nicht miteinander sprechen könnt?«

»Es waren auch vorher nicht nur Worte«, ich wußte, daß ich auswich, nur teilweise seine Frage beantwortete.
»Ich will wissen«, begann er wieder, »was liebt man am anderen? Sind es Eigenschaften, und werden die sich nun nicht ändern, wenn er so leben muß?«
»Meinst du brauchbare, angenehme, nützliche? Das klingt, als wähle man vernünftig aus.«
»Also nicht vernünftig. Aber wie denn? Warum sagst du, du kannst ihn nicht verlassen, einerlei, was geschehen wird?«
Was sollte ich ihm antworten? Mir fielen Zitate, Umschreibungen dafür ein, daß einer dem anderen die Welt sein kann, so daß er die Welt nur durch ihn haben kann, und andere Zeugnisse dieser Art, deren Kern immer die Gewißheit des einmaligen unverlierbaren Wesens der Person war. Doch wollte ich darüber nicht reden. Er hätte meinen können, ich würde ins Allgemeine ausweichen wollen, so sagte ich endlich: »Wir sind uns ähnlich.«
»Er ist älter als du«, stellte Bernward fest, als wäre dies ein Gegenargument.
»Acht Jahre.«
»Sag ich ja. Und dann, er ist hier auf dem Land groß geworden und du nicht.«
»Das stimmt schon, das ist tatsächlich so.«
»Habt ihr nie Krach gehabt?«
»Doch, am Anfang oft, aber mehr aus Angst, um den anderen nicht nahekommen zu lassen.«
»Und später?«
»Später weniger, da waren wir ja vertraut miteinander.«
»Heißt das ähnlich?«
»Vielleicht. Es sind die gleichen Dinge, die für uns wichtig sind oder nicht.«
»Treue?« fragte Bernward.
»Die ergibt sich.«
»Was auch passiert?«
»Was auch passiert, es trennt uns nicht. Ich habe da keine Wahl.«
»Nun ja«, sagte Bernward, »das gibt es ja, daß man froh ist, beieinander zu sein.« Er beugte sich wieder über die Reinzeichnung des Grundrisses vom Haus. Noch einmal fertigte er sie neu an, weil er Fehler in der alten bemerkt hatte, da

einige Messungen ungenau gewesen waren. Jetzt wußte ich, was ich Bernward hätte antworten sollen, warum Martin mir notwendig war, vom ersten Augenblick an, da ich ihn kennenlernte; er existierte wie etwas, das stetig brennt, war bei sich selber anwesend.
»Schade, daß ihr nicht vor seinem Unfall gekommen seid«, sagte ich und blickte hinter Martin her, der mit dem Fahrrad zur Gärtnerei hinüberfuhr; es war an dem Montag, als ich wieder in die Stadt zurückkehren mußte, drei Tage vor dem Unfall. Er drehte sich nach mir um und winkte. Der Nachmittag war leer und gläsern, ich hielt mich unbeweglich, um so den Moment anzuhalten, aber schon entfernte Martin sich, und ich hörte ihn etwas rufen, das vielleicht noch mir galt oder schon Karl Anton, der ihm entgegenkam. Kurz darauf sah ich ihn wieder, als ich absichtlich mit dem Auto noch mal um die Gärtnerei herumfuhr. Da war er schon hineingegangen, stand nun bei den Jungen, und ich sah durchs Glas hindurch, wie er den Kopf beugte, um etwas zu betrachten, was sie ihm hinhielten. Sein Fahrrad lehnte am Zaun, es war Mitte August.
Ich wandte mich zu Bernward und sagte: »Und dann diese komische Sache, die mich immer bei ihm fasziniert hat, diese Vorliebe für Fakten, diese Begeisterung für Berichte aller Art, dies phänomenale Gedächtnis für so unterschiedliche Dinge wie Fußballvereine, Autotypen und Reporte vom Club of Rome.«
»Wie Augustin«, sagte Bernward.
»Das sagte auch Lorenza.«
Doch er machte eine vage, resignierende Handbewegung, als wäre es vergeblich, über Lorenza zu reden.

Sind Augustin und Lorenza im Haus, so wird nur an Kleinigkeiten deutlich, wie sie miteinander sind.
Sie rauchen gemeinsam, dies Wechseln der Zigarette Zug um Zug über den Tisch hinüber, an dem sie beide sitzen, vollzieht sich wie ein Ritual.
Manchmal legt er seine Hand um ihren Hals, als wollte er sie wegführen, aber sie befreit sich, und dann sind sie beide wieder ganz ruhig miteinander. Bleibt Lorenza länger fort als erwartet, sitzt Augustin auf den Treppenstufen zum Eingang. Doch wenn er sie kommen sieht, steht er auf und geht

ins Haus und grüßt kaum, wenn sie hereinkommt. »Er ist der Beste, den ich finden konnte«, sagte sie zu mir.
»Mir gefällt es, euch im Haus zu haben.«
Tatsächlich komme ich nun abends lieber ins Haus zurück, da ich weiß, daß sie dort sind, so ziemlich auf ihre spröde, selbstverständliche Art, so geduldig mir gegenüber. Zuweilen bin ich eifersüchtig, aber ganz unpersönlich.

5

Ich höre mir selber zu, wenn ich mit dir spreche. Alles belanglos, da es dich nicht erreicht, du in dir verborgen bleibst. Ich rede, wie man auf Bahnhöfen spricht, in den verzögerten Augenblicken, bevor der Zug abfährt, und der Abschied, längst unvermeidlich, noch eine Frist gewährt, die nicht mehr auszufüllen ist. Plötzlich erscheint alles als Episode, die sich nie fortsetzen lassen wird, und so bleibt jeder für sich allein. Überdeutlich wird der Ort, das schmutzige Dunkel des Trottoirs, die Eisenmasten, die das blecherne Dach abstützen, der schon vor Jahren geschlossene Kiosk, hinter dessen Scheiben noch Illustrierten liegen, bedeckt mit Staub und toten Fliegen.
– Und ich werde liegen mit Käfern im Mund – wie mir diese Zeile aus irgendeinem Buch nicht aus dem Sinn geht, während du dich vorlehnst und mich ansiehst. Ein Erinnerungsbild schon im Augenblick des Geschehens. Vielleicht nimmst du so nun mich auf, während du fortgleitest an Böschungen vorbei, ganz hingegeben den wechselnden Landschaften, mit denen man sich nicht einlassen kann, die außerhalb bleiben und doch einen Rausch erzeugen, als wäre die Fülle des Sichtbaren eine Bestätigung für die Kraft der Augen.
Nur für den, der auf dem Bahnhof zurückbleibt, beginnt alles sich rückwärts zu bewegen. Wiederholung gesagter Worte, Zärtlichkeiten, die in der zugigen Bahnhofshalle kaum hörbar sind: mein Liebster, Herznächster, Schönster, warmer Körper noch eben an meinem. Wie hält man den, der sich entfernen muß?
Ich sehe dich, und du bist schon fort.
Keine Besserung seit drei Wochen, das heißt ein Rückschlag, du läßt dich zum Lernen der brauchbaren Worte nicht mehr verführen. Unsere Verständigung läuft über Gesten. Ich wußte nicht, wie unbeholfen meine Hände sind, wie wenig sie erzählen können, obwohl ich immer neue Gesten erfinde, mich an mögliche erinnere, zurück mich entsinne, und zuweilen lächelst du, aber erwiderst sie selten. Was habe ich im Theater gelernt, was ich jetzt anwenden könnte?

Giovanni schenkte mir eine junge Katze, verborgen in der Einkaufstasche bringe ich sie dir mit, setze sie auf dein Bettende, und behutsam kommt sie dir näher. Du beobachtest sie regungslos, wie sie dein Gesicht erreicht, dann plötzlich furchtsam zur Seite springt, abrutscht am Laken, sich festkrallt. Der graugestromte Körper ist mager, der Kopf schön gezeichnet. Zwei schwarze Streifen umranden die Augen, laufen im spitzen Winkel zusammen, ganz ebenmäßig rechts und links. Sieht leicht ägyptisch aus, sage ich, setze sie wieder zu ihm, und er streichelt sie, und sie duckt sich und bleibt, lauert und greift sanft mit der Pfote nach seiner Armbanduhr, die ich ihm jeden Morgen umbinde. Er nimmt die Uhr ab und läßt sie vor ihr hin- und herschwingen, und so beginnt sie mit ihm zu spielen. Doch plötzlich drückt er sie übermäßig zärtlich an sich, läßt sie nicht los, obwohl sie fiept, preßt sie fest an seinen Hals und fährt mit dem Kinn über ihr Fell.
Nur mühsam gelingt es mir, ihm das Tier wieder wegzunehmen. Als ich aufgefordert werde, fortzugehen, scheint es mir unmöglich zu sein, gerade weil er sich jetzt so weit entfernt hat. Mit halbgeschlossenen Augen beobachtet er meine Gebärden, Signale in Luft geschrieben. Sie ersetzen nicht die selbstverständliche Nähe, das beiläufig Überraschende, das sonst die Abgrenzung eines zum anderen hin weniger schmerzhaft empfinden ließ.

Eines Tages wirst du mich fragen, und ich werde dir sagen, was in diesen Wochen außerhalb deines Krankenhauszimmers geschah. Ich füge meine Aufzeichnungen zu deinen hinzu, eine oft unordentliche Chronik.
Wenig notiere ich über den Ort und die Menschen, die dort leben, auch über Vergangenes nichts und keine der Geschichten anderer Leute, die mir der Lehrer erzählte.
Der Pfarrer, der mich besucht, um mit mir über dich zu sprechen, er hat erst Josef und später dann dich konfirmiert, sagt, du habest ihn gebeten, die Kirchenbücher einsehen zu dürfen, seist aber nie gekommen. »Wir haben ja alle gar keine Zeit«, sagt er, dich entschuldigend. Aber gerade das will ich nicht von ihm hören, kein Eingeständnis unserer Schwäche, als wäre es auch seine eigene. »Später wird er schon kommen«, sage ich.

»Ja, hoffen wir das«, antwortet der Pfarrer, und ich horche dem nach. Hoffen wir, heißt das, es liegt nicht bei uns, bindet uns so die Hände, erlaubt, untätig zu sein, und nimmt für unabänderlich, was vielleicht nicht so ist.
Auch den Geschichten der einzelnen Industrieunternehmen, wie sie sich hier entwickelt haben, gehe ich nicht nach. So wenig, wie ich Zeugnisse sammele über die Auswirkungen der Flußregulierung, die man in den fünfziger Jahren vornahm. Nichts erkunde ich von alldem, was stichwortartig auf deinem Arbeitsplan steht, was du dir vorgenommen hattest zu erfahren, um Genaueres über diese Gegend hier aussagen zu können.
Was ich für dich jetzt notiere, betrifft nur uns, dich und mich und den Ablauf dieser Zeit. So stehen hier die Antworten der Ärzte, wörtlich aufgeschrieben. Oft wiederholen sie sich, sind ausweichend, weisen mit ungenauen Sätzen auf verschiedene Möglichkeiten hin, machen so jede Anstrengung ziellos und lähmen jede eigenwillige Regung. Ich habe Angst um dich.
Schwester Zilla sagt schon lange nichts mehr dagegen, daß ich auch außerhalb der Besuchszeit im Krankenhaus bin. Doch treffe ich sie nur noch gelegentlich. Seit ein neues Schichtwechselsystem eingeführt worden ist, gibt es einige Schwestern mehr, und alle kommen seltener. Sie wissen nie Bescheid, was auf der Station vorging, bevor sie mit der Arbeit begannen, und jede ist genau nur für das zuständig, was ihr aufgetragen wurde zu tun.
Dr. Halling wird leicht ungeduldig, wenn er mich sieht, dabei ist unser Dialog fast immer derselbe.
»Was wird mit ihm jetzt geschehen?« frage ich.
»Sie machen sich übertriebene Vorstellungen von dem, was mir möglich ist.«
Dr. Jansen antwortet wechselnd auf meine Frage, ob Martin nicht bald in ein Rehabilitationszentrum kommen kann. »Es ist einmal eine Frage seines Zustandes, der bei einer so ausgedehnten traumatischen Hirnsubstanzschädigung überaus wechselnd sein kann. Zum zweiten eine Frage, ob wir einen Platz in einem Rehabilitationszentrum finden, und zum dritten noch die Frage nach dem Kostenträger für eine solche Behandlung.«
Ich weiß, es ist nicht geklärt, ob die Berufsgenossenschaft

oder die Krankenkasse die Kosten übernehmen wird, und ich habe kein Verständnis dafür, daß sich diese Entscheidung immer wieder verzögert.
Dr. Fuchs weist mich am Telefon noch einmal ausdrücklich darauf hin, daß gerade die frühzeitige Behandlung notwendig ist. Bei Ruge lese ich: »Wird ein menschliches Hirn nicht täglich angeregt, dann veröden Hirnpartien, die Kommunikationswege verblassen, die Perzeptionswege versanden, Begriffsvorstellungen verkümmern, Erinnerungen an die Wortklang- und Wortbewegungsvorstellungen verschwinden, es kommt zu einem seelisch-geistigen Siechtum. Nach Vignolo ist schon viel verpaßt, wenn die Sprachbehandlung erst nach zwei Monaten beginnt. Lenneberg sieht keine Erfolgsaussichten, wenn die Behandlung erst nach fünf Monaten einsetzt.«
»Also, was wird mit ihm jetzt geschehen?«
»Sprechen Sie mich nächste Woche noch mal darauf an«, sagt Dr. Halling.
Am nächsten Tag sehe ich wieder Dr. Jansen.
»Es muß etwas geschehen«, sage ich.
»Das ist auch unsere Meinung.«
»Die Logopädin sagt...«
Er unterbricht mich: »Ich kenne sie. Wir werden schon die beste Lösung finden.« Und damit wendet er sich energisch ab, als erwarte ihn etwas Entscheidendes jenseits der Tür, durch die er nun verschwindet.
Irgendwann später ist er jovialer zu mir. Josef hatte gerade mit ihm telefoniert, und er erinnert sich wieder, daß er mir keine Auskunft zu geben braucht. Er gibt mir trotzdem eine: »Noch sollten wir ihn nicht entlassen, seine völlige Antriebsschwäche, wechselnd mit Erregungszuständen, macht ihm zu schaffen. Sie müssen geduldig sein.«
»Aber wenn das so bleibt hier mit ihm«, sage ich, weiß aber nicht, zu wem.
»Mit dem Anwachsen der Verkehrsunfälle ist auch die Zahl der Hirnverletzungen gestiegen«, erklärt mir Dr. Halling, »da kommen wir nicht nach.« Er sitzt erschöpft auf dem Flur vorm OP und raucht eine Zigarette. Er bietet auch mir eine an, und wir sitzen einträchtig nebeneinander und reden nicht viel. Meistens bewegt er sich nur, um eine Schwester oder einen Patienten zu grüßen, dazwischen aber bleibt er fast

lethargisch hocken. Sieht noch aus wie ein Student, denke ich, nur ein bißchen zu dick schon. Sein dichtes Haar hängt wie eine schwarze runde Mütze tief in die Stirn.
Was uns jetzt in diesem Augenblick zufällig verbindet, ist nichts als die lähmende Enttäuschung über all das, was wir nicht machen können.
Warum sie ihn gerade jetzt erfaßt und der ordentliche Optimismus nachläßt, den er sonst zeigt, ich weiß es nicht. Bei mir ist es die gewöhnliche Stimmung, die ich habe, wenn ich durch die Krankenhausflure auf dem Rückweg zur Pforte bin, nur daß ich jetzt für einige Minuten dabei Gesellschaft habe.
»Wenn Sie können, holen Sie ihn bald zu sich«, sagt er und steht auf und geht fort, sich nun wieder zusammennehmend und so hochmütig wirkend.
Dr. Jansen steht vor Martins Bett: »Na, uns geht es heute ja schon viel besser.«
Er sagt das manchmal, und dabei wirkt er gewohnheitsgemäß aufmerksam, und seine Stimme hält die Balance zwischen distanzierter Güte und anteilnehmender Sachkenntnis. Er sieht nicht, daß Martin vor unseren Augen, während wir noch sprechen, im Weiß des Bettes versinkt, die Füße, die Beine, das Geschlecht, bis zum Rumpf, schon ist er fort und zieht sich still die Decke bis zum Hals, verbirgt auch die Hände. So nah vor mir, bleibt er doch immer um ein weniges zu weit entfernt, ganz in die Kälte gezogen. Und ich bin voller Abscheu vorm erzwungenen Stillstand, in dem wir verharren müssen. »Können Sie sich nicht vorstellen, daß Angehörige uns zuweilen verrückt machen«, sagt Schwester Zilla, »weil sie meinen, immer recht zu haben, und alles persönlich nehmen, wo wir rein sachlich herangehen sollen.«
»Es ist eine Sache der Vernunft«, sagt auch Dr. Jansen. Er sagt: »Wir werden ihn fürs erste nicht in das Heidelberger Zentrum verlegen können.«
»Und in ein anderes?«
»Ich arbeite am liebsten mit dem zusammen. Schließlich gibt es solche und solche«, und er wiegt seine Hand hin und her, und ich verstehe ihn und verstehe ihn doch nicht.
»Also, was wird mit ihm geschehen?«
Als Dr. Halling ziemlich müde war, sagte er: »Sie sehen doch, jeder Kranke ist hier Teil von einem Organismus, der unter

vollkommen anderen Bedingungen existiert als jedes Teil von ihm.«

Ich notiere mir diesen Satz, wie überhaupt alle Antworten, die ich im Krankenhaus bekomme, auch wenn sie keinen anderen Sinn haben sollten als den, etwas Nichtssagendes zu verhüllen, mich zu beruhigen.

Wenn Martins Zustand sich nicht bessert, werden meine Argumente immer unvernünftiger erscheinen, mit denen ich versuche, seine Verlegung in ein Rehabilitationszentrum zu erreichen.

Aber wie kann sein Zustand sich bessern, wenn er hier nicht die Behandlung bekommen kann, die notwendig wäre.

Ringsherum gibt es eine Fülle von Abläufen, nicht alle unabwendbar, aber für den Zuschauer selbstverständlich, einerlei wie sie sich entwickeln und überschneiden, er nimmt nur das Klima auf, das sie erzeugen, und hört die Geschichten, die ihre sind, und bleibt dabei eingeschlossen in seiner eigenen.

Nun wendet sich am Ende des Krankenhausflures das Paar wieder um, dort, wo der niedrige Tisch mit der Resopalplatte und den beiden Sesseln den Abschluß bilden, setzt sich nicht hin, sondern geht den Weg wieder zurück bis zur milchigen Glastür, auf der einige Schriftzüge, von innen aus spiegelverkehrt und nicht lesbar, zu sehen sind.

Es hält nur inne, auf diesem pendelnden Gang, wenn die Frau nach Atem schöpfend stehenbleibt, um sogleich wieder weiterzugehen, als hätte es sich ein Ziel gesetzt, ein bestimmtes Maß täglich, gemessen an dieser Wegstrecke.

Ich sehe sie oft, immer zur gleichen Zeit, wenn der Mann Mittagspause hat und sie besuchen kann. Dann nimmt er sie bei der Hand, und sie geht seinetwegen mit, obwohl es ihr schwerfällt.

Sie sind nicht allein, die Krankheit begleitet sie, läßt nicht mehr ab von ihr, und so sind sie immer zu dritt. Nicht mehr wegzudenken ist das von ihnen beiden, gibt ihnen etwas Fremdartiges, Abgesetztes von anderen. Manchmal hält er ein kleines Transistorradio in der gewölbten Hand, scheint sie mit Musik voranzulocken, und sie folgt ihm schwerfällig.

6

Der Herbst bringt alles in Verwirrung, löst auf, was gewesen war. Beiläufig verliert sich die Festigkeit des Sommers. Vorbei ist die Zeit, in der rote Mähmaschinen die Wege blockierten, das Stroh zusammengeballt wurde und die Kiebitze in Scharen im ausgeworfenen Häcksel saßen. Ausgedünnt ist alles, mager und spirrig die Bäume im Garten, die Ranken, die Hecken. Nie zuvor erschien mir das Land so schmal, so wenig Masse zu sein dem stetigen Himmel gegenüber.

Vereinzelt wirkt nun der Ort mit seiner Anstrengung, Stadt zu werden, verbunden nur durch eine Eisenbahnlinie und die Bundesstraße mit anderen. Vereinzelt herausgehoben sind auch die Bauernhäuser, kaum in Sichtweite entfernt, doch verborgen durch Bäume, nah vors Fenster gepflanzt und immer wieder in Höhe des Daches gestutzt. Würde jetzt jemand zu Fuß außerhalb des Ortes über Land gehen, wäre das auffällig. Auch werden mit dem schlechter werdenden Wetter die Radfahrer seltener. Nur die Autos sind wie üblich zu sehen. In ihnen ist man geschützt vor der Auflösung, die ringsherum stattfindet, dem sanften, irren Wahn der Nebelstreifen, aus denen Kühe hervorstehen, und der glitzernden Nässe, die sich ans Gras hängt. Abgeschirmt sitze ich im Auto und sehe an, wovon ich getrennt bin. Zuweilen erscheint mir alles unwirklich, aber ich weiß, das ist es nicht. Nur wir sind verkommen aus dem, was Natur unbezweifelbar zu eigen ist, das unerhört Selbstverständliche, um das ich sie beneide. Es riecht nach Laub, und dieser Geruch verfolgt mich, taucht immer wieder auf, feuchtes Laub, schichtweise vorm Vermodern, am Knick zwischen Wald und abgeerntetem Maisfeld.

An den drei offenen Seiten des Feldes sitzen die Bauern-Jäger auf den ausgeklappten Lederlaschen ihrer Stöcke und warten auf die Treiber, die aus dem Wald kommen und mit Knüppeln auf die Erde schlagend ihnen das Wild zutreiben. Dann stehen sie auf, wechselnd der eine und der andere, schießen

und setzen sich wieder. Der Klang der Schüsse bleibt noch in der Luft, während die nächsten fallen. Das ist wie voriges Jahr, denke ich. Später ließ man dann die Hunde aufs Feld. Auch damals der Geruch und dieses Licht, verfangen in den Ästen, ein kaltes Brennen. Alles wie damals, nur du bist fort.
Josef rief an, gerade als ich vom Krankenhaus nach Hause gekommen war. Ich hatte den Regenmantel noch anbehalten, denn ich fror. Es war kühl im Haus, fast unangenehmer als draußen, und es würde Zeit werden, daß ich die Heizung wenigstens einige Stunden am Tag anstellte. Bis jetzt hatte ich versucht, den Rest Öl, der noch im Tank war, zu sparen. Da ich in den vergangenen Wochen nur noch zu wenigen Vorstellungen ins Theater gefahren war, überdies in den letzten Jahren kaum Geld zurückgelegt hatte und daran dachte, zu kündigen, wurde es notwendig, jegliche Ausgaben so niedrig wie möglich zu halten. Das Gespräch führte Josef teilweise wie ein Verhör.
»Sie sind noch im Haus?«
»Ja, da Martin hier noch im Krankenhaus liegt.«
»Man sagte mir, Sie haben viele Gäste.«
»Drei. Und es sind seine, er hatte sie eingeladen.«
»Unter diesen Umständen hätten Sie absagen müssen.«
»Es ist ihm recht, sie besuchen ihn oft.«
»Ich möchte nicht, daß die Leute bleiben.«
»Warum stört es Sie?«
»Aus Prinzip. Das Haus ist schließlich keine Herberge.«
»Aber ich bin ungern allein hier«, behauptete ich, obwohl das nur gelegentlich stimmte.
»Es zwingt Sie keiner, zu bleiben.«
Ich beschließe, das zu überhören. »Ich habe ihnen versprochen, daß sie bleiben können, solange sie mögen.«
»Das ist nicht mein Problem«, sagte er, und ich mußte lächeln. Wie oft und in welchen verschiedenen Verbindungen hatte ich diesen Satz schon gehört. Mein Vater hatte ihn zu meiner Mutter gesagt, wenn sie klagte, daß sie mit ihm nicht reden könnte. Und Lorenza hatte ihn gestern zu Augustin gesagt, als er wütend feststellte, daß die Qualität der Tonbänder, die sie zusammen aufgenommen hatten, mit Interviews der 1945 neu hier angesiedelten Bauern, so miserabel war, daß sie teilweise unbrauchbar waren.

»Das ist nicht komisch«, sagte Josef, »genaugenommen beunruhigt es mich, daß Sie so wenig realistisch denken, genau wie Martin, ich meine, vor seinem Unfall. Sie haben doch schließlich einen Beruf.«
»Das ist keine Frage.«
»Nun ja, wir werden uns überlegen müssen, was wir mit dem Haus machen sollen. Ich fand es immer falsch, daß es größtenteils ungenutzt ist. Jetzt habe ich jemanden an der Hand, der es unter Umständen mieten würde.«
»Martin wird es selber brauchen«, sagte ich, beunruhigt von solchen Entscheidungen, die Josef ganz offensichtlich nicht überstürzt erschienen.
»Das werden wir sehen. Seine Zimmer werden wir für ihn freihalten können.«
»Und«, rief ich, »wo denken Sie, soll er denn hin?« »Das überlegen wir uns gerade. Er muß ja gepflegt und versorgt werden.«
»Wir werden hier wohnen. Und wenn einer ihm helfen muß, bin ich es.«
»Sie übernehmen sich«, sagte Josef, »Sie werden schon sehen, das kann nicht gut gehen.« Die Stimme hatte an Schärfe gewonnen in Erwartung, daß ich ihn doch nicht begreifen würde, was immer er zu entscheiden für nötig hielt. Doch war es eindeutig, und ich zwang mich, darauf einzugehen, obwohl es mir widerstrebte, über Martins Zukunft zu verhandeln und in diesem Ton, als einigten wir uns über Belange einer Unperson.
»Es ist Martins Haus«, beharrte ich, »Sie können nicht einfach für ihn darüber bestimmen.«
Selbst so kühl wie heute, so voller Schatten und Leere ist es schön, das Haus, dachte ich, unwohnlich und voller Möglichkeiten. Josef hatte das nie gesehen, aber er wußte, daß wir etwas darin fanden.
»Doch, das kann ich schon«, antwortet er, »wenn Martin es nicht kann. Und wie auch immer, ich werde meine Zustimmung nicht geben, daß Sie ihn im Haus pflegen. Er braucht jetzt seine Ordnung.«
»Mein Gott, was für eine Ordnung!« Gerade diese Ordnung, die Josef jetzt meinte, hatte Martin immer verabscheut, und ich wollte nicht zulassen, daß sie ihn nun doch noch vereinnahmte, nur weil er jetzt wehrlos war.

»Dabei haben Sie ihn seit Wochen nicht gesehen.«
»Vielleicht kommt Britta mal zwei Tage. Ich kann hier im Augenblick unmöglich fort«, erwiderte er. Doch nahm ich an, daß dies mit Britta nicht ernst zu nehmen war. Sie würde keine Lust haben, aufs Land zu fahren, in dieser Jahreszeit und wegen eines so unerfreulichen Anlasses. »Es ist ziemlich naßkalt hier draußen«, sagte ich.
»Weiß ich, weiß ich, habe ich jahrelang mitgemacht.«
Wahrscheinlich haßte er alles, was hier war, wirklich so, nicht nur weil er sich irgendwann selber ausgesperrt hatte. Er ist ein Stadtmensch, hatte Britta gesagt. Wenn sie herkäme, würde sie sehen, daß ich nicht daran dachte, die Gäste wegzuschicken. Eines Tages würden sie sowieso fahren. Sie hatten es schon angekündigt, weil der Winter kam und sie Adressen von Freunden im Süden kannten.
»Sind Sie noch am Apparat?«
»Ja, natürlich. Ist noch was?«
»Auf jeden Fall werde ich für die Gärtnerei einen Pächter nehmen.«
»Haben Sie schon einen?« Es erstaunte mich, daß er scheinbar so leicht einen Pächter gefunden haben sollte. Ich überlegte, ob Karl Anton sich vielleicht doch gerne selbständig machen würde, ob vielleicht er derjenige wäre, den Josef nun so anonym vorschob.
»Aber das mit dem Haus können Sie nicht machen«, begann ich wieder, »Martin hatte schon ganz bestimmte Pläne damit.«
»Wollen Sie davon profitieren?« fragte er und spielte wohl darauf an, daß ich hier mietfrei wohnte.
Ich legte den Hörer auf, weil ich nicht mehr antworten mochte. Mir fiel ein, daß ich Augustin bitten wollte, endlich die Schaukel wieder anzubringen, längst hatte ich die fünf Meter langen Seile mit dem festgeknüpften Brett besorgt und sie nur immer wieder hinter den Rücksitzen des Autos liegengelassen.

Ich ging zur Gärtnerei hinüber. Die Tür vom Büro war schon verschlossen, doch noch brannte im Treibhaus keine Lampe. Ich stand im Mittelgang, wie unterm Glassturz, der weitläufiger wirkte, als er tatsächlich war, weil das schwächer werdende Tageslicht Innen und Außen verband. Selbst die

Reihen der Setzlinge in den Kästen, auf Tischhöhe rechts und links neben mir, waren eingepackt in das dämmerige Grau. Nur ein entfernt liegendes Beet wurde mit Wasser besprüht, haarfein kam es aus den Düsen der Oberleitung, das gab ein monotones Geräusch, welches so gleichmäßig wie Stille war.
Jetzt erst entdeckte ich Andreas, er schlief über den Tisch gelehnt am Ende des Ganges, und da ging ich wieder fort. Ich wollte Karl Anton fragen, wer der neue Pächter sei, oder ob er es selber werden wollte, obwohl ich das nicht annahm. Zu oft hatte er früher beteuert, daß er niemals eine solche Verantwortung übernehmen würde. Zu viel Arbeit und zu wenig Gewinn, hatte er gesagt. Aber möglich, daß er es nur gesagt und nicht tatsächlich auch gemeint hatte und wohl dies zuvor auch nicht hatte wissen können, da ihm eine solche Position ernsthaft von keiner Seite je angetragen worden war.
Karl Antons Haus lag am Ende der Allee, im stumpfen Winkel, dort, wo sie auf die Chaussee traf. Es war eine ältere Kate, die er sich im Lauf der letzten Jahre immer mehr ausgebaut hatte, so daß sie nun ein Zwitter war, halb Bauernhaus, halb Vorort-Bungalow. Ich klingelte beim Eingang, und weil mir niemand öffnete, ging ich ums Haus herum und klopfte an die Küchentür. Aber es war niemand da. Als ich mich umwandte, sah ich entfernt Ida fortgehen, quer übers Feld zur Stadt hin, und neben ihr lief die Katze, die ich schon seit Tagen vermißt hatte. Jetzt rannte Ida, dabei hohe Sprünge machend, dann blieb sie stehen und lockte die Katze, nahm sie endlich auf den Arm und ging weiter mit ihr.
Ich folgte den beiden, ohne zu überlegen, als wäre es gleichgültig, in welche Richtung ich ging. Doch die Erde klumpte dann an meinen Schuhen und machte mich schwerfällig, so daß ich mich besann. Vielleicht würde der Holländer die Gärtnerei übernehmen wollen, der neulich in Keeken die Hardtsche Gärtnerei aufgekauft hatte. Aber soviel ich wußte, kaufte er nur und nahm nichts in Pacht, und von Verkauf war doch nicht die Rede gewesen und konnte auch nicht sein.
Eine Militärmaschine flog über mich weg. Für einen Augenblick breitete sich der Schall überm Feld aus. Ich spürte den Modder an meinen Schuhen und wandte mich um, ging den kürzesten Weg zur Straße zurück.
Im Treibhaus war das Licht angegangen, hob jetzt die

langgestreckte gläserne Form hervor, während alles sonst undeutlicher wurde.
Als ich die Chaussee erreicht hatte, fuhren Karl Anton, Erwin und Andreas mit den Fahrrädern an mir vorbei. Ich wollte mich bemerkbar machen, zögerte aber zu lange, stand neben einem Baum wie festgebunden und hörte ihre Stimmen, ohne sie zu verstehen. Und dann waren sie auch schon fort.

Zwei Tage blieben Lorenza und ich in der Stadt, denn ich hatte gekündigt und mußte die Wohnung aufgeben, da sie dem Theater gehörte und ich sie nur behalten konnte, solange ich im Vertrag war. Ich hatte in den letzten Wochen niemals mehr dort geschlafen, war selbst an den wenigen Tagen, in denen ich in der Stadt gewesen war, weil ich Vorstellung hatte, abends immer wieder aufs Land zurückgefahren. Manchmal hatte ich nachmittags in die Wohnung hineingesehen, immer wieder enttäuscht, darin nichts zu tun zu haben, obwohl ich das stets vorher gewußt hatte. Sie roch fremdartig, war unbelebt verwahrlost, und so hatte mein Auszug lange schon begonnen, bevor wir jetzt die Schränke leerten, die Bücher in Pappkartons steckten und Geschirr zwischen Wäsche in Koffer schoben.
Alles teilte sich in wenigen Stunden auf, in einer Eile, die mir unpassend vorkam, wurde sortiert in Wichtiges, Leichtzuentbehrendes und Unnützes. Manchmal zögerte ich, so bei einigen Steinen, die ich früher vom Meer mitgebracht hatte. Jetzt hätte ich sie gerne zum offenen Fenster hinausgeworfen, aber draußen war keine Erde, kein Sand, der sie auffangen konnte, und so unterließ ich es. Hatte jetzt nur noch die Wahl, sie in den Müllcontainer zu werfen oder hinten in den R4 zu packen, der ohnedies am nächsten Tag übervoll sein würde.
Beim Aufräumen fand ich Zettel, die Martin mir damals geschrieben hatte, als wir beide noch in der Stadt lebten. Er legte sie mir hin, wenn er meine Wohnung verließ, bevor ich wiederkam. Jetzt gewannen diese kurzen Sätze, auf alte Briefumschläge oder herausgerissene Kalenderblätter notiert, eine Authentizität wie Urkunden, die unsere Geschichte belegten. Er war hier gewesen, ich konnte es nicht vergessen. »Sei geduldig, wer uns trennen wollte, wüßte nicht wie.«

Für den nächsten Morgen hatte ich mit Mani, einem Freund von Martin, ausgemacht, daß er kommen und die wenigen Möbel, die ich nicht zum Sperrmüll geben wollte, abholen würde, um sie in seinem Haus im Keller unterzustellen.
Er kam gegen acht Uhr mit einem gemieteten Transporter, den er chauffierte, und Lorenza und ich halfen ihm beim Aufladen der Sachen. Dann fuhr ich mit ihm, während Lorenza fortging und die Stadt ansehen wollte.
Als wir eilig ausgeladen hatten, weil er zum Dienst mußte, drückte er mir eine Ausgabe des Mounierschen Gartenbuches von 1835 in die Hand, welches er schon bereitgelegt hatte.
»Gib ihm das von mir«, sagte er, »es gefiel ihm immer, und es steht schon seit längerem eine Widmung für ihn drin.«
Ich öffnete das Buch, dessen Papier an den Rändern der Seiten leicht gelblich getönt war, blätterte herum und bewunderte die Kupferstiche, sie zeigten das Sichtbare so genau, daß es zur Kulisse wurde.
»Ich konnte mich nicht früher davon trennen«, sagte Mani, und als müßte er die Bedeutung seines Geschenkes herunterspielen: »Ich kann auch den französischen Text nicht lesen.«
»Martin im Augenblick auch nicht.«
»Macht nichts. Aber er kommt doch wieder in Ordnung?«
Und er zögerte, während wir schon hinausgingen, als könnte er nicht weitergehen, wenn dieser eine Punkt nicht zu seiner Zufriedenheit geklärt würde.
»Sie sagen, er sei schwer geschädigt, aber so benannt klingt es wie unheilbar, und das ist es nicht.«
»Kann ich was für dich tun?«
»Nein, danke, es wird schon besser werden.« Ich denke, es war besser, wird besser werden, könnte besser sein, wurde gebessert? Ich halt' mich an die Grammatik, bessert sich, schütze mich auch mit ihrer Hilfe, tue, als klassifizierte ich etwas in gestern und morgen. Wäre ich bei dir, fügte sich alles zusammen, so aber bringe ich überall das ohnmächtige Entsetzen mit hinein, das mich abstößt von allen. Es ist, als stände jeder im Leeren.
»Willst du, daß ich die Sachen hinausbringe?«
»Laß sie nur hier, wir brauchen sie draußen nicht. Aber falls ihr was davon wollt, nehmt ihr's.«

»Natürlich«, sagte er und: »Ich komme euch mal besuchen.«
»Ruf vorher an.«
Er fuhr mich noch zurück, setzte mich ab an der Ecke der Straße, in der ich wohnte, und winkte mir im Fortfahren zu. Ich war nah daran, zu heulen, als ich ihm nachsah.
Im ausgeräumten Zimmer stand ich und rief meine Eltern an.
»Ich habe gerade die Wohnung aufgegeben.«
»Überleg dir das noch mal«, sagte meine Mutter.
»Wozu? Hier sieht es schon so aus wie beim Einzug vor fünf Jahren.« Ich klopfte gegen die Tür des Wandschranks, ein hohles Geräusch, und wußte nicht, ob meine Mutter das hören konnte.
»Mußt du sie jetzt renovieren lassen?«
»Nein, das machen die nächsten Mieter.«
»Wenn du meinst.«
»Ich hab' auch im Theater gekündigt.«
Meine Mutter schwieg, fragte dann vorsichtig, zögernd: »Kommst du heraus?«
Sie wohnten, seit mein Vater pensioniert war, in einem Vorort, der so weit entfernt und mir so fremd war, daß ich nie hinfinden wollte.
»Ich habe noch zu viel hier zu tun.«
»Soll ich in die Vorstellung kommen?«
Ich war überrascht, daß sie verfolgte, wann ich Vorstellung hatte.
»Du warst doch damals schon in der Premiere.«
»Das ist lange her.«
»Ja, das wirklich.«
»Also, du hörst tatsächlich auf? Wovon willst du dann leben?«
»Auf dem Land gibt es immer irgend etwas zu tun«, sagte ich, »da wird sich schon Arbeit finden.«
»Vielleicht schläfst du heute nacht bei uns, ich meine, da du nun keine Wohnung mehr hast.«
»Vielen Dank, aber ich möchte gleich nach der Vorstellung zurückfahren, ich bin schon zwei Tage fort.«
»Geht es ihm besser?«
»Natürlich.«
Sie fragte nicht weiter nach Martin, fing noch mal vom Theater an: »Vielleicht nimmt man dich später wieder.«

Wenn man nicht da ist, ist man fort, hatte Verena gesagt. Doch wenn man fort ist, ist man woanders.
»Tut es dir leid?«
»Nein, das nicht«, sagte ich, »beruhige dich doch.« Dabei war sie gar nicht beunruhigt. Das war komisch, ich hatte es in Erinnerung an längst vergangene Gespräche mit ihr gesagt.
»Beruhige dich doch.«
Ich putzte die Wohnung, ging zur Post, bestellte das Telefon ab, ein Nachsendeantrag lief schon seit Wochen. Dann brachte ich den Schlüssel zum Theater, stand noch eine Weile im Büro herum, sah in die Kantine hinein, fand aber niemanden, den ich kannte, und schlenderte endlich durch die Innenstadt, mied dabei die Fußgängerzonen, sah mich in den Seitenstraßen um, dort wo die Autos halbwegs auf dem Bürgersteig parkten, die Beleuchtung nicht ausreichte und die Stadt noch aussah, wie ich sie aus Kindertagen kannte, so schwärzlich eng zusammengepreßt, knochig und fettig, und die Korridore öffneten wie Schläuche die Häuser, und so dunstete es nach draußen.
Selbst nun, am naßkalten frühen Abend, meinte ich, diesen strengen stickigen Geruch wiederzuerkennen, während doch in Wahrheit alles aufgeräumter, rauchloser, übersichtlicher geworden war.

»Verschleppst du heute das Tempo, weil es die letzte Vorstellung ist?« fragte Verena nach dem zweiten Akt.
»Tu ich das?«
»Du hängst an jedem Satz.«
Ich lachte und beugte mich über die Lehne der weißen Holzbank, auf der sie noch immer saß, obwohl der Vorhang schon längst gefallen war. »Wenn ich langsam spreche, warum bist du dann außer Atem?«
»Es strengt mich an, alles strengt mich zur Zeit an.«
»Du bist heute sehr gut«, sagte ich zu Ludwig, der nun neben uns stehengeblieben war. Es war eine Floskel und doch mehr, da ich wußte, wie wichtig ihm während des Spiels solche Beteuerungen waren.
»Du manchmal zu leise«, sagte er abwehrend und lächelte mir zu. Wir hatten genaue Kenntnisse voneinander, an die wir uns freilich nur noch in solch seltenen Augenblicken

erinnerten. »Halb leer heute«, sagte Verena, und ich sah sie an, die noch immer auf der Bank saß, und Ludwig, der nun vor ihr stand und vorsichtig ihr wirres Haar ordnete.
»Ihr wäret doch ein Paar.«
»Nur im Stück liebe ich sie nicht«, erklärte er, und mir fiel wieder auf, wie melancholisch er aussah, mehr, als er tatsächlich ertragen könnte zu sein. »Findest du nicht auch, Verena?«
»Was, Liebes?«
»Gibst du wirklich auf?« fragte Ludwig.
»Er lockt sie fort«, sagte Verena mit einem Lächeln, als spräche sie eine phantastische Hypothese aus.
»Vielleicht wird es ihm nichts nützen«, erwiderte Ludwig, »eines Tages wird dir das hier fehlen.« Und er machte eine Handbewegung, als präsentiere er mir, was ich sah, die Dekoration, das Gut Sorins im Probenlicht, den Krocketplatz, die hölzerne Terrasse und die Gartenmöbel, die nur so aussahen, als wären sie morsch, und dazu das, was über allem hing, fast sichtbar nah den Lampen, dieser Staubgeruch, Holzleimgeruch, Stoffgeruch, Plundergeruch – es rührte mich, aber war nicht genug, reichte nicht aus für mein Verlangen.
»Ich komm' dich mal besuchen«, sagte Verena, »ich fahre gern aufs Land. Immer wenn ich herauskomme, geht es mir sogleich besser. Schon wenn ich hier morgens mit dem Auto über die Brücke zum Theater fahre, und ich seh' den Fluß und die Bäume am Ufer, atme ich tief durch.«
»Bei uns ist nicht so viel zu sehen«, ich zögerte, irgendwann war mir dieser befreiende Aspekt des Spaziergängers abhanden gekommen. »Es ist ziemlich matschig und grau bei uns draußen.«
»Ich werde es schon schön finden.«
Ich erinnerte mich an früher, an das, was sie meinte, das schöne Land. Ich fand es nun öfters unzugänglich wie hinterhältig, und mir graute vor seinem immerwährenden Vorhandensein, wenn Martin abwesend sein mußte.
»Würde es dich stören?«
»Daß du kommst?«
»So ungefähr.«
»Nein, das weißt du.«
Ihr schwarzseidenes Taftkleid, am Kragen und an den Manschetten mit Rüschen aus dem gleichen Stoff gesäumt, hatte

etwas Starres. Ich wollte nicht mit ihr über Martin reden, obwohl sie es wohl erwarten konnte, war sie doch Zeugin, Teilhaberin, ja Mittäterin meiner Empfindungen, Einsichten und wechselnden Entschlüsse gewesen. Doch nun gab es keine Geständnisse mehr von mir, und so wurde auch sie zurückhaltender, konnte mich nicht mit einbeziehen in ihre Geschichte, da ich sie aus meiner ausschloß. Dabei mochte ich sie wie zuvor, hatte nur keine Vertraulichkeit mehr anzubieten.

Die Bühnenarbeiter kamen, und wir verließen Sorins Gut. Alles erschien mir viel theatralischer als sonst, auch unser Abgang nun, hinterm geschlossenen Vorhang, während umgebaut wurde und die Geschichte einen Sprung von sieben Tagen machte. Als ich mich in der Garderobe umzog für den dritten Akt, hörte ich Verena mit Irina Arkadina sprechen, der sie zuvor auf der Bühne gegenübergestanden hatte; doch gegenüberstehen war nicht die richtige Bezeichnung dafür, denn Arkadina, die Schauspielerin, war stets der Mittelpunkt, und Mascha am Rande, was immer sie auch versuchte zu tun. Es war trivial, was sie miteinander sprachen, nun, wie auch zuvor auf der Bühne. Nur hatten da die bedeutungslosen Sätze mich in Spannung versetzt. Gerade weil sie so alltäglich waren in einer dramatischen Situation, wurde es deutlich, daß die Personen wehrlos ihrem Schicksal gegenüber waren, und das berührte mich. Nachher würde ich Lorenza fragen, die in der Vorstellung war, ob sie bemerkt hatte, wie Verena die Mascha spielte: trotzig abstritt, unglücklich zu sein, und doch gerade das mit der Haltung des Körpers ausdrückte, und wie sie versuchte, sich zu schützen, sich verbarg und offenbarte, zur Schau stellte, plötzlich auf eine ganz nüchterne Art außer sich war und mich so an das Mädchen im Märchen erinnerte, das sich selber ansehen konnte.

Und doch, trotz all dieser geglückten Augenblicke und den schönen Verstrickungen des hoffnungslos Zärtlichen und Heroischen, der rituellen Konversationen und Zufälligkeiten, erschien alles nur noch eine Wiederholung längst stattgefundener Ereignisse zu sein.

Ich habe es eilig, nach Hause zu kommen, fahre die vertrauten Straßen hinaus aus der Stadt, fast ohne hinzusehen, könnte

ich sie finden, der Wagen und mein Körper verbünden sich. Lorenza sitzt neben mir, wie im Halbschlaf, somnambul mit offenen Augen dabei, noch nicht ganz zur Welt gekommen heute nacht. Plötzlich schreckt sie auf, da ich an der Kreuzung bremsen muß, weil gerade vor mir die Ampel auf Rot wechselte, dann lehnt sie sich wieder zurück, ihr Gesicht an die Türscheibe gelehnt, spiegelt sich genau.
Ich fand sie auf dem Parkplatz, als ich aus dem Theater kam, schon lange wartend, neben dem Auto stehen.
»Ich wußte nicht, wann's zu Ende ist«, sagte sie.
»Warst du nicht in der Vorstellung?«
Sie schüttelte den Kopf. Neben ihr stand ein junger Mann. Er mußte frieren in den weißen Jeans und der dünnen blauen Jacke, sah auch so aus, aber er hielt den Körper ruhig, war es wohl gewohnt. Sein Gesicht war abgezehrt und entschlossen, als verfolge er konsequent eine Fährte, die ihn weit fort von allem Gewöhnlichen brachte. Mich nahm er gar nicht wahr. Als ich Lorenza begrüßt hatte und neben ihr stehend die Autotür aufschloß, küßte er sie, drehte sich dann um und ging fort. Ich war für ihn wie jemand, der in der U-Bahn zufällig mit in denselben Wagen einsteigt. Man spürt ihn, aber nimmt ihn nicht zur Kenntnis, ja, vermeidet sogar, ihn wahrzunehmen, zeigt auf keinen Fall eine Reaktion, die signalisiert, daß man weiß, er ist da. Die Scheiben im Wagen sind beschlagen. Ich versuche, mit einer Hand sie klarzuwischen, suche nach einem Tuch in meiner Tasche, während ich mit der anderen das Steuerrad halte und fahre. Lorenza sieht mir zu, ohne sich zu regen. Wir beide sitzen unbequem, unsere Sitze sind, so weit es geht, nach vorne geschoben worden, da hinter uns auf der Bank und noch auf dem Boden davor Taschen und Tüten, Koffer, Pullover und Wolldecken verstaut wurden, das flüchtig zusammengeraffte Zeug, »Fluchtgepäck«, sagte ich. »Bißchen viel«, antwortete Lorenza. Das alles nimmt mir nun die Sicht auf die Fahrbahn, und ich fühle mich eingeengt, kurbele neben mir die Scheibe hinunter. Eine harte Kälte dringt herein, doch laß ich das Fenster offen.
Auf dem Seumeplatz, den ich fast umrunden muß, steigt heißer Rauch aus den Öffnungen der Heizungsschächte, bleibt überm Pflaster, eine grauverwehte Form vor schwarzem Hintergrund, plötzliche Lichtkegel fallen hinein, ver-

größern sich im Vorbeigleiten, lassen den Rauch als etwas Handgreifliches erscheinen.

»Ich hätte Frostschutzmittel ins Kühlwasser tun sollen«, bemerke ich, vielleicht um ein Gespräch anzufangen, während wir zu zweit im Wagen hier sind, wie im Fahrstuhl, und an den verschiedenen Stationen vorbeifahren: Innenstadt, Ringgegend, nun der Vorort, der kaum noch belebt ist. Finster liegen die Häuser da, wie weggerückt mit denen, die in ihnen schlafen. Ich hätte vielleicht gerne mit ihr übers Theater geredet, das ich nun aufgegeben habe. Eine Entscheidung, die du nie von mir gefordert hast und ich auch nie angeboten hatte, auch nicht anbieten wollte, die dir nun aber wie mir wohl vernünftig erscheinen wird.

»Nichts hindert mich nun, draußen bei ihm zu bleiben«, sage ich und bin bei der nächsten Station angekommen, der Ebene der Autobahn. Von hier aus könnte ich noch einmal zurücksehen auf das hinter mir ausgebreitete, üppig erleuchtete Panorama (abends sieht man dort, daß Frieden ist, hatte Martin gesagt), doch wende ich mich zum Land hin, das jenseits der ungenauen Helligkeitszone beginnt, dort im Dunklen, wo die Linie des Horizontes sich anpaßt, nahtlos in der Nacht. Nur weil es dich gibt, wird mir alles notwendig und belebt. Das Licht der Scheinwerfer fährt vor uns her, und Lorenza summt eine Melodie, welche ich nicht kenne. Irgendwann fragt sie: »Sind wir bald da?«, aber ohne jede Ungeduld, und ich denke: Wenn man uns durchläßt –, als wäre die Finsternis eine immer wieder vor uns gesetzte Barriere.

7

Zilla ist eine von den Schwestern, altgedient und erfahren; die Kranken betrachtet sie so, wie Küstenbewohner wohl Schiffbrüchige ansehen könnten, die sich unter ihren abschätzenden Blicken an Land zu ziehen versuchen. Erst wenn der achtsam Prüfenden das Unternehmen erfolgreich zu sein scheint, kommt sie näher und macht eine hilfreiche Handbewegung.

Lange hatte ich das nicht verstanden, hatte versucht, sie für uns zu gewinnen, in der falschen Annahme, daß sie gerade für Martin mehr Sympathien aufbringen könnte, da er länger als die meisten blieb. Der häufige Wechsel der Patienten ließ sonst für gewöhnlich nicht zu, daß die Schwestern Partei für einen von ihnen ergriffen, sich näher mit ihm befaßten. Vielmehr war ein Patient für sie nur die Fortsetzung eines anderen, übernahm dessen Rolle. Ich hatte es auch mit Geschenken versucht, in der Hoffnung auf die tröstlich menschliche Eigenschaft der Bestechlichkeit, aber selbst damit nicht mehr als eine vorübergehende und flüchtige Aufmerksamkeit für ihn gewonnen.

Irgendwann, gleich zu Anfang schon, hatte sie den Gestrandeten, Verletzten beobachtet und beschlossen, daß es sich nicht mehr lohne um ihn.

Und doch erfüllt es sie nun nicht mit Befriedigung, recht gehabt zu haben, sondern nur mit Unlust und Unruhe, wie ich bemerke. Sie drängt mich fast mit ihrem Körper, indem sie mir zu nah kommt, mich endlich sogar bei der Hand faßt und versucht fortzuziehen, weg von Martins Zimmer und der offenen Tür, in der ich stehengeblieben bin, unfähig zu verstehen, was ich sehe. Sein Bett ist leer, das Bettzeug abgezogen, die Matratzen hochkant ans offene Fenster gestellt. Die Türen des Nachttisches stehen offen, und abgeräumt ist alles, was darauf stand, die Blumen fortgeworfen, und die Vasen stehen auf der Erde. Es ist sein Zimmer, ich kenne es noch mit halbgeschlossenen Augen, schon mich wegwendend: der Stuhl mit dem aufdringlichen Rautenmu-

sterbezug und das Bild an der Wand, immer die nachgeäffte Almstimmung, und der seitlich eingerissene Vorhang, der das Waschbecken in der Nische zwischen den beiden Einbauschränken verbirgt. Alles viel zu oft angesehen, auswendig gelernt ohne Absicht.
Schwester Zilla zieht mich über den Flur in den Glaskasten, ein offen einsehbarer Raum, der an den drei in den Korridor vorspringenden Seiten mit Glasscheiben begrenzt wird, die vom Boden bis zur Decke reichen. Zwei andere Schwestern kommen dazu, schließen hinter mir die Tür, umstehen mich im Abstand.
Zilla lehnt dabei an dem mit einer Jalousie verschlossenen Schrank, ihre Arme verschränkt. Was haben sie mit ihm gemacht? Der Boden, auf dem ich stehe, wird Falltüren haben. Noch immer gibt mir keiner eine Antwort. Ich stelle in meinem Kopf eine Drehbewegung fest, die alles immer zwanghafter in eine Spirale hineinzieht.
»Wir wollen ganz vernünftig darüber reden«, sagt Schwester Zilla, »Sie haben ja selber erlebt, wie er sein konnte, wenn er sich erregte. Gestern war es geradezu dramatisch. Wenn jemand so außer sich gerät, ist er eine Gefahr für sich selber. Sie hätten ihn erleben müssen.«
»Was also ist mit ihm?« Ich ertrag' es nicht länger. »Wir mußten ihn in die psychiatrische Klinik geben, das heißt, ich war gar nicht da.«
Sie stehlen ihn, denke ich, sie rücken ihn immer weiter fort, als ob er so entfernt immer weniger wird, verkleinert bis zur Unkenntlichkeit. Sie isolieren ihn hinter immer stärkeren Glasschichten, die Drohung nimmt Gestalt an, die Spirale dreht sich schwerfälliger.
»Es ist ganz falsch, wenn Sie das jetzt tragisch nehmen. Die Anstalt ist nicht so schlecht wie ihr Ruf. In den letzten Jahren hat sich manches geändert.«
Am Glaskasten geht ein Mann vorbei im Schlafanzug und Morgenmantel, ich habe ihn öfters während der letzten Wochen gesehen. Er sah Martin jeden Tag. Mir fällt ein, daß Martin in den letzten Tagen immer darauf bestanden hatte, sich morgens anzuziehen, wie um zu betonen, daß er jederzeit fortgehen könnte.
»Es ist ja keine Gefahr für ihn«, sagt eine der jüngeren Schwestern.

Der Mann sieht uns an, er beobachtet uns, wie wir vier uns gegenüberstehen. Eine Kampfformation, denk' ich, ohne daß es ein Kampf ist. Nun wendet er den Blick betont ruhig von uns weg.
»Wußten Sie, daß jeder zehnte Bundesbürger einmal in seinem Leben in einer Heilanstalt ist, kürzer oder länger?«
»Warum haben Sie das gemacht?« frage ich wieder, ohne eine Antwort zu erwarten. Andere Leute gehen draußen auf dem Korridor vorbei. »Ich sagte es Ihnen schon.«
»Muß da niemand seine Einwilligung geben?« Ich hatte Josef im Verdacht, aber Schwester Zilla sagt: »Nicht, wenn er eine Gefahr für sich und andere ist, dann entscheidet der Arzt, der gerade auf Station ist.« Die beiden Jüngeren gehen jetzt fort und lassen die Tür hinter sich offen.
»Natürlich können Sie Rücksprache mit Dr. Jansen nehmen.«
Ich nicke, und nun lächelt sie sogar etwas. Sie weiß, ich werde mich zusammennehmen, werde ruhig das Krankenhaus verlassen, mich aufrechthalten und wieder der Vorstellung folgen, ihn zu erreichen.

Bei der Ambulanz steht ein Bett, ziemlich in die Nische ans Fenster geschoben. Eine alte Frau liegt darin, die man sonst wohl nirgends unterbringen konnte. Sie wimmert fast ohne Unterlaß, ein greinendes Weinen, was sich erschöpft und zuweilen in ein kaum hörbares Wimmern übergeht. Im Mund hat sie einen Schlauch, an der Nase mit Heftpflaster befestigt eine Sonde. Seit Tagen wird sie künstlich ernährt und hängt außerdem am Tropf, dessen Kanüle im Arm steckt, so daß sie mit Medikamenten und Traubenzuckerlösung versorgt wird. Ihre Hände sind bei den Handgelenken an das Bett festgebunden, weil sie zu unruhig ist und sonst sich immer wieder die Schläuche abreißt. Ihr Gesicht ist klein wie ein Kinderkopf, entstellt durch die Folterqualen der Schmerzen, keinen Augenblick vermag sie ruhig zu sein.
Eine jüngere Frau sitzt bei ihr und redet unentwegt auf sie ein, um das Weinen zu stoppen: »Mein Engelchen, nicht weinen, ich bin jetzt da bei dir. Ja, ich liebe dich. Ich bin hier. Wir alle lieben dich ...«
Ich habe noch im Ohr, als ich draußen ins Auto steige, diesen süßlichen, schmerzvollen Klang »mein Engelchen«, dies

entsetzliche Gerede. Aber tatsächlich beruhigte es die alte Frau minutenlang. So zugeschüttet, wie alle Beziehungen zuvor wohl gewesen waren, konnte diese auch das Falsche miteinbeziehende Art der Tröstung vielleicht die einzige noch mögliche sein, um Zärtlichkeit und Nähe, wenn nicht zu geben, so doch zu simulieren, und wurde so auch angenommen, als Ersatznahrung, und machte die alte Frau etwas ruhiger. Oder erschien es mir nur so, weil sie leiser wimmerte. Vielleicht setzte sich ihr Schreien vehement fort, nur in einer Tonhöhe, die wir nicht mehr aufnehmen konnten.

Ich irre im Gelände der Heilanstalt herum, nachdem ich lange vergeblich versucht habe, Martin zu finden. Im Sekretariat sagte man mir, daß er auf Station 5 läge, aber eine Woche lang keinen Besuch haben dürfe. Wohl fand ich die Fünfte, untergebracht in einem der einander ähnlichen Backsteinhäuser, welche den Abschluß der gesamten Anlage nach Westen hin bilden. Gegenüber davon im Osten, verbunden durch die große Mittelachse, von der aus alle anderen Wege ausgehen, ist der Eingang, versperrt durch einen Schlagbaum und wird beobachtet durch die Fenster des Pförtnerhauses. Dazwischen liegen, systematisch gegliedert in Gruppen zu vier oder sechs, die anderen Häuser, welche teils für die Verwaltung, teils für die Unterbringung benutzt werden.
In dem mir bezeichneten Haus waren Fenster aus Milchglas und erlaubten keinen Einblick. Als ich klingelte und vor mir die Tür aufgeschlossen wurde, erhielt ich dieselbe Antwort wie zuvor im Büro, der Patient bedürfe der absoluten Ruhe, um sich einzugewöhnen in die neue Umgebung. »Ich möchte ihm etwas geben«, sagte ich, noch gar nicht wissend in meiner Verwirrung, was ich Martin mitbringen könnte, hatte ich zuvor doch nicht darüber nachgedacht.
»Wir werden es für ihn annehmen«, sagte der Pfleger, ohne die Tür weiter zu öffnen oder mich in den Flur, der hinter ihm lag, eintreten zu lassen, wie ich gehofft hatte. Vielleicht hätte ich dann einen Blick in eines der Zimmer werfen können, oder vielleicht hätte Martin mich gehört und wäre herausgekommen. »Es ist äußerst dringend, daß ich ihn sehe«, sagte ich, weil ich nun erst selber begriff, wie sehr ich fürchtete, ihn nie wieder sehen zu können, als könnte mit seinem Verstummen auch sein Bild plötzlich verschwunden sein, seine

körperliche Anwesenheit, und es gäbe nichts Faßbares mehr.
»Es geht ihm gut, ich versichere es Ihnen«, sagte der fremde Mensch da vor mir, als wären ihm meine Besorgnisse vertraut.
»Schläft er?« fragte ich, obwohl es erst früher Nachmittag war, und warum sollte er jetzt schlafen.
»Wahrscheinlich«, war die schon leicht ungeduldige Antwort.
»Liegt er allein im Zimmer?«
»Nein, sie sind zu dritt.«
Wer sind sie, dachte ich, die da mit ihm liegen. Sie werden nicht alle schlafen, was tun sie? Ich wollte weiterfragen, nur damit der Pfleger vor mir die Tür nicht wieder schloß, aber jede meiner Fragen erschien mir schon, bevor ich sie aussprach, töricht, gezwungen von einer ganz und gar uneinsichtigen, abstrusen Situation.
»Was soll ich ihm also geben?«
Ich griff in meine Tasche, fand nichts als meinen kleinen Taschenkalender, nicht viel größer als eine Zigarettenschachtel, blauer Kunststoff, außen mit einem Reklamedruck eingeprägt. Martin hatte ihn oft bei mir gesehen, da ich die wenigen Zeilen, die für jeden Tag frei waren, fast immer vollschrieb. Er würde ihn sofort wiedererkennen, vielleicht auch versuchen, meine Schrift zu lesen.
Die Tür wurde vor mir wieder zugeschlossen. Es gab keinen Anlaß, zu klingeln.
Seitdem gehe ich einfach den Wegen nach, zufällig irgendeine Richtung einschlagend und ohne Ziel, außer vielleicht dem, mich umzusehen, aufzunehmen, was hier zu sehen ist, wie der Ort eingerichtet ist, an den man Martin gebracht hat, »verbracht hat«, wie sie sagen.
»Wohin wollen Sie?« fragt mich eine Schwester, der das Sinnlose meines Ganges wohl auffiel.
»Ich suche Martin Vendenbosch.«
»Wo soll er sein?«
»Das weiß ich eben nicht.«
»Dann müssen Sie beim Pförtner fragen«, sagt sie und weist mich auf die Mittelachse, wo ich schneller dem Ausgang zugehe, dann mich aber wieder, kaum ist die Schwester außer Sichtweite, auf einem der Nebenwege entferne. Er nähert

sich schleifenförmig, durch die Anlage hindurch wieder den Häusern. Hier stehen Bänke, Papierkörbe und niedrige, immergrüne Büsche, dazwischen eine Gruppe kahler Birken. Die wenigen Beete sind ausgeräumt, die Erde, so freigelegt, unbedeckt, verdichtet sich in der Kälte, der Weg, auf dem ich gehe, ist hart, Betonkies. Ein Mann zieht einen offenen Wagen mit schmutziger Wäsche an mir vorbei, den ein anderer schiebt. Ich sehe die beiden an, aber sie beachten mich nicht, sind ganz beschäftigt mit ihrer Fuhre und damit im gleichen Tempo zu gehen, so daß keiner den anderen drängt, während sie weiterziehen. Später frage ich noch einmal im Sekretariat nach, aber auch diesmal gelingt es mir nicht, mit Dr. Jakob zu sprechen. Die Schwester, die mit ihm telefoniert, sagt, noch sei jedes Gespräch sinnlos, da er selber sich erst einmal über den Patienten informieren müsse. »Kommen Sie in einer Woche wieder«, sagt sie, »es ist das beste.« Ich zweifle, daß es das beste ist.

Ich sehe, wie in der Station 5 die Lichter angehen. Da ich nicht weiß, hinter welchem Fenster er liegt, betrachte ich alle mit der gleichen Sorgfalt. Aber außer einigen ziemlich gleichen Bewegungen, die vom Gardinenschließen kommen, kann ich nichts wahrnehmen. So entferne ich mich langsam, verlasse das Klinikgelände. »Bin nur spazierengegangen«, sage ich zum Pförtner und verstehe nicht, was er hinter mir herruft. Ich nehme das Auto und fahre die Straße an der Bahnlinie entlang, kehre aber wieder um, biege in die erste Seitenstraße ein, die es mir erlaubt, das gesamte Gelände der Anstalt zu umkreisen, freilich im weiten Abstand, oft getrennt durch Felder, die sich direkt an die Abzäunung anschließen. An einer Stelle gelingt es mir, bis zu der Steinmauer vorzudringen, dort, wo sie vom Drahtgitter abgelöst wird und ich hineinsehen kann.

Beieinander, altmodisch, geräumig und zweigeschossig nur, machen die Häuser den Eindruck einer traulich behäbigen Vorortanlage, mit erleuchteten Wegen, untereinander verbunden und insgesamt geschützt durch dichter stehende Bäume nah der Umfriedung des Grundstückes. Denkbar wären festlich gekleidete Menschen dort, die von einem Haus zum anderen gehen, um die freien Stunden mit Geselligkeiten zu verbringen, nun, da die Abende so früh beginnen. Nur der hohe Schornstein der Fernheizungsanlage paßt nicht ins

Bild. Doch kann ich das Auto so parken, daß ich ihn nicht sehe und nichts den falschen Eindruck stört, das lockende Bild, wie gemacht für Leute wie mich, die nachts nicht schlafen können, süchtig nach einem, der nicht bei ihnen ist.
Ich höre im Radio die Zehn-Uhr-Nachrichten, die Elf-Uhr-Nachrichten und jene um Mitternacht, dazwischen die Sendungen für die Autofahrer, höre von Unfällen, Räumkommandos, vereisten Fahrbahnen. Ich denke, eines der Lichter dort ist das, was er in seinem Zimmer hat, wir haben teil am gleichen, wenn auch auf verschiedene Weise. Er wird verwahrt in einem der Häuser, die alle zusammen, von innen leuchtend, eingebettet im Finsteren sind. Vielleicht wird später die Nacht sie überschwemmen, wie eine Insel von ansteigender Flut.
Ich möchte mich als Tausch für ihn anbieten, aber ich weiß, sie werden mich nicht nehmen, sie halten sich an die Regeln, und so starte ich das Auto, nehme wieder meine nutzlosen Hin- und Herfahrten auf, taub vor Trauer und Ingrimm.
Ich widerspreche, ich sage den Polizisten, die mich anhalten, nachdem sie schon zweimal an mir vorbeifuhren, als ich nah dem Anstaltsgelände parkte, daß ich nichts anderes vorhabe, als auf diese Art die Nacht zu verbringen, da ich nicht schlafen könnte. Es sind zwei jüngere Männer, die mit dem gleichen unlustigen Eifer mir gefolgt waren, wie ich vor ihnen davongefahren war, als sie zum dritten Mal an mir vorbeikamen.
»Warum fuhren Sie weiter?«
»Um nicht aufzufallen«, antworte ich.
Sie sehen meine Papiere an, prüfen die Scheinwerfer. »Warum parkten Sie an mehreren Stellen längere Zeit?«
»Ich bin weitergefahren, weil meine Heizung nur während der Fahrt funktioniert«, erkläre ich.
»Ist ja Grenzgebiet schließlich«, sagt der eine, als müsse er etwas erklären.
»Natürlich, ist schon in Ordnung.« Ich steh' jetzt neben dem Auto, so als würde ich noch gerne mit ihnen reden, doch frag' ich im selben Augenblick, da ich dies denke: »Ist noch was?«
»Was interessiert Sie an der Anstalt?«

»Weil ich sie mir von weitem angesehen habe?«
Man gibt mir den Führerschein zurück und die Ausweispapiere.
»Mein Freund ist da eingesperrt«, sage ich, »und es ist verrückt, daß ich ihn sechs Tage nicht sehen soll. Damit er sich eingewöhnt, wie sie sagen.«
»Besser, Sie fahren nach Haus.«
»Wozu?«
»Wozu nicht? Ist doch nichts mehr los hier.«
Das klingt in dieser Einöde so absurd, daß ich lächeln muß. Er hat recht, auch wenn er den Ort meint, wie ich annehme, wenige Kilometer entfernt von hier, der denselben Namen wie die Heilanstalt hat. Ich bin am Bahnhof vorbeigefahren, der zu einer Kleinbahnlinie gehörte, die längst nicht mehr in Betrieb ist. Im holzernen Bau sind alle Fenster vernagelt, bis auf die vorderen, die der Straße zugewandten. Dort gibt es eine Kneipe, die vorhin schon geschlossen war. Vielleicht hätte ich sonst dort etwas getrunken. Möglicherweise wird sie auch überhaupt nicht mehr geöffnet. Zum Ort, so wie ich ihn gesehen habe, gehören außerdem noch einige ältere Katstellen und ein paar Siedlungshäuser von Stadtflüchtigen, mehrere Fremdenheime, in denen die Anverwandten und Freunde der Kranken nächtigen können, die von weither anreisen müssen. Außerdem ein Co-Op-Laden, eine Polsterwerkstatt und das Bestattungsgeschäft. Es ist mir aufgefallen, weil es auch noch zu später Stunde ein erleuchtetes Schaufenster hat, welches so karg ausgestattet ist, daß die Vorstellung aufkommen könnte, ein hier verpackter Tod könne nicht entfernt etwas zu tun haben mit der Glorie, die jedem Untergang zusteht. Jeder sinnliche Überschwang ist zurückgenommen, jede kunstvolle Tradition unkenntlich gemacht, bis auf die leicht antikisierenden Griffe einer Urne.
»Wir sind auch nicht von hier«, sagt der eine. So bleiben wir noch eine Weile stehen, reden von der Kälte, die unerwartet heftig eingesetzt hat, früher als sonst in den vergangenen Jahren, oder sie erinnern sich nicht mehr so genau, und ich kann nur vom letzten Winter sprechen, und der war in jeder Beziehung besser.
»Was heißt hier schon Grenzgebiet«, sage ich, »hier verlohnt sich doch kein Schmuggeln.«

Ich komme mir vor wie auf verlorenem Posten, biete den Männern Zigaretten an, aber sie rauchen nicht. So zünde ich mir erst eine an, als ich wieder im Wagen sitze. Dann fahren wir voneinander fort, ich nehme meine Wachrunden auf, wie sie ihre, ohne Sinn und Zuversicht.

8

Ich wiederhole mir unsere Gespräche, rekonstruiere, wie er lebte, bevor wir uns trafen, lese in seinen Büchern, gehe den Verbindungen der Stellen nach, die er angestrichen hatte. Aus welchen Gründen sind sie so von ihm hervorgehoben worden, was besagten sie ihm?
Seine Aufzeichnungen sind latente Bilder, abrufbar. Der Vater las bei Tisch in der Zeitung, während er auf das Essen wartete, von der Hinrichtung des Onkels. Fünfunddreißig Jahre später gehen die beiden Brüder durchs Haus.

Nach Vaters Beerdigung waren Josef und ich allein zurück ins Haus gegangen, während ich Anne gebeten hatte, mit den Nachbarn gleich vom Friedhof aus zu Friedrichsen zu fahren, einer Gaststube, deren Wirt Vater gut gekannt hatte und in der wir uns treffen wollten.
Wir gingen im Haus herum, und ich meinte, nun endlich den Geruch benennen zu können, der mir schon seit längerem, wenn ich zu Besuch gekommen war, aufgefallen war, eine Mischung von Kampfer und faulendem Holz. Josef merkte wohl, daß ich darüber nachdachte, und sagte: »Feuchtigkeit und Fäulnis. Ist doch üblich in so alten Häusern. Wir sollten es abreißen.«
Ich hatte nicht vorgehabt, hier wieder einzuziehen, aber sofort war ich gewillt, das Haus zu verteidigen, obwohl es mich enttäuschte, so wie es nun war, in einem fast unrettbar erscheinenden Zustand der Verwahrlosung.
»Nun, das ist deine Sache, du erbst es ja«, sagte Josef, mich auf die Erbschaft hinweisend, so daß sie eine Bedeutung bekam, die ich ihr nicht hatte geben wollen. Wir öffneten alle Türen, sahen in die Zimmer hinein, machten Bemerkungen, die sich auf ehemalige Bewohner bezogen, die wir beide gekannt hatten. Das war eine Basis, auf der wir uns unterhalten konnten, so hofften wir, an jedem Streit uninteressiert.
Wir sahen auch in jenes Zimmer hinein, in dem der

Schrank stand, von dem aus man in die Geheimkammer kam, die unser Vater für seinen Vetter ausgebaut hatte. Öffneten aber jenen Schrank nicht, gingen weiter, als gehöre nicht auch zu diesem Raum eine Geschichte, mieden sie, da sie uns immer einander feindlich gemacht hatte. Die Kammer war nichts als ein Bretterverschlag in einem Hohlraum, der schon vor hundert Jahren entstanden war, als man eine Opkamer teils einriß, teils zumauerte, dort, wo man eine neue Einteilung der Zimmer vornahm.

Wir waren längst übereingekommen, daß niemandem von der Familie in diesem Fall die Schuld zu geben sei, und doch hatten wir plötzlich gestockt, irritiert von etwas Unberechenbarem. Möglicherweise aber waren wir nur besonders empfindlich, da wir vom Friedhof kamen und dort so unversehens in der ersten Reihe gestanden hatten. Nun, da wir Vater beerdigt hatten, gab es für uns keinen Vorläufer mehr, keinen Windschatten, keine Schonzeit.

Wir stiegen auf den Boden, ließen aus der Dachluke das Seil hinunterpendeln, das überm hölzernen Schwungrad lief und mit dem früher die Kornsäcke hochgezogen wurden, um hier zu lagern. Aber das war schon vor unserer Zeit gewesen, als mein Vater noch Kind war. Später hatte man den Boden nur noch zum Trocknen benutzt.

Am Ende, als könnten wir nicht aufhören, unwillig auch diesen Tag wieder abschließen zu müssen, gingen wir in den Keller, besichtigten das, was sich dort unten ausbreitete, verrottete, verkam. Reste von vernünftig zu nutzenden Dingen, die hier angesammelt, bruchstückhaft und zu Abfällen geworden waren. Verbrauchtes außerhalb jeder Funktion, das doch den Materialcharakter nicht wiedergewann. Hölzernes, was speckig war, Federn, vom Inlett gelöst, zu Verfilztem zusammengesackt.

Wir schoben im Weitergehen mit den Schuhen schmutzige Wäsche beiseite, Vorhänge und Gardinenstangen, eine tote Ratte, die sich in einem Fetzen Schürzenstoff eingedreht hatte. Wer trug eine Schürze mit solchem Muster und wann? In die hingeworfene Schublade einer Kommode wanderte ein Zug von Ameisen, dünn wie ein

Faden, der aus einer brüchigen Stelle der Wand einige Meter entfernt trat und ständig in Bewegung blieb.
»Hier muß Feuer angelegt werden«, sagte Josef, »oder wenigstens ausgeräumt. Da gab es doch früher eine Frau...?«
Auch ich erinnerte mich an die Frau, die zum Ausräumen in die Häuser kam. Obwohl klein von Statur, schien sie außergewöhnlich stark zu sein, und vor allen Dingen hatte sie die für mich als Kind erstaunliche Fähigkeit, Ekliges ungerührt anfassen zu können; mit Vorliebe schien sie Toiletten zu reinigen, Erbrochenes aufzuwischen, verstopfte Ausgußrohre zu säubern.
Wir gingen zurück, ich schloß die Fenster, welche ich am Morgen geöffnet hatte, hob dabei leicht die Flügel an, während ich sie zudrückte. Ein Trick, der mir von früher her noch eingeübt war, so daß ich ihn anwandte, ohne vorher daran gedacht zu haben. Einmal sah ich, vom schon wieder geschlossenen Fenster zurücktretend, in den Garten hinaus und empfand plötzlich einen heftigen körperlichen Schmerz bei der Vorstellung, diesen Ausblick irgendwann nicht mehr sehen zu können. Obwohl er nichts Besonderes zeigte. Ein Stück Wiese, zwei Bäume, teilweise auch das offenstehende hölzerne Gartentor, das gar nicht mehr zu schließen war. »Übrigens habt ihr damals ganz vergeblich versucht, aus dem Onkel einen Helden zu machen. Vater und du, ihr sahet das doch so. Der Deserteur aus Protest. Die freie Gewissensentscheidung, die unter allen Umständen respektiert und geschützt werden mußte. Doch tatsächlich war es Feigheit von ihm, sich hier bei uns zu verstecken«, sagte Josef, als wir das Haus verließen und auf das Auto zugingen. Ich war überrascht, daß er so überholt nun davon sprach. »Er gab es auch zu«, fuhr er fort, »konnte wenigstens nichts dagegen sagen. Seine Haltung war nicht bewundernswert, wie ihr es haben wolltet. Wußtet ihr, daß ich es ihm sagen würde?«
»Wir nahmen es an«, erwiderte ich, obwohl ich nicht mehr wußte, ob ich es damals angenommen hatte oder mein Vater. Vielleicht erkannte ich die Möglichkeit eines solchen Gespräches zwischen meinem Onkel und Josef erst jetzt im nachhinein an, da die Folgen keine Veränderungen der familiären Beziehungen mehr mit sich bringen

konnten. Da ich schwieg, beendete Josef dies Gespräch leichthin: »Er war ja verrückt, verrückt wie alle hier.«
Vertreibung aus dem Paradies, dachte ich, und was für ein morsches, wackeliges Paradies, unfähig, uns zu seinen Bewohnern zu machen. Wir standen nun schon draußen, und ich drehte mich nicht um, fürchtete plötzlich, es könnte sein, daß hinter meinem Rücken das Haus verbrannt, abgebrochen sei, dem Erdboden gleichgemacht, jetzt oder später. Nur noch einige Spuren der Mauern des Fundamentes würden sich finden lassen wie Narben im Gras.
Es war 1942 gewesen, an einem Abend, als meine Eltern im Haus ein Fest gaben und ich noch lange draußen auf der Schaukel gesessen hatte. Ich entdeckte ihn fast zufällig und nur, weil die Reihenfolge der mir bekannten Schatten, die ich übersprang, wenn ich aufs Haus zulief, nicht die vertraute war. Er verbarg sich ungeschickt, wie jemand, der gefunden werden wollte, aber zugleich dies zu kaschieren wünschte.
Ich erkannte ihn nicht, denn er war selten bei uns gewesen, auch machte ihn die feldgraue Jacke ähnlich anderen, mir Unbekannten. Er zog mich nah zu sich, flüsterte, ich möge meinen Vater zu ihm hinausschicken, aber ohne daß irgend jemand Verdacht schöpfen könnte. Vielleicht ermahnte er mich noch, daß es wichtig sei, ich erinnere es nicht. Allein sein Anblick war eindringlich genug, diese Mischung von Angst und Drohung in seinem Gesicht, dies leidenschaftlich Hochfahrende und bittend Furchtsame in der Art, wie er mit mir sprach. Ich tat, was er wollte, weil er mir fast wie zufällig die Hand auf den Arm gelegt und ich plötzlich seinen Körper gespürt hatte, der fröstelte. Beeil dich doch.
Ja, ich geh ja schon.
Nein, es hatte niemand etwas bemerkt. Mein Vater ging zu ihm hinaus, ohne daß irgend jemand ihn beobachtete, nicht mal meine Mutter oder mein Bruder.
Meinem Vater war dieser Besuch nicht recht, das merkte ich an der Heimlichkeit, mit der alles auch weiterhin ablaufen mußte und organisiert wurde, was nötig war, um ihn unterzubringen. Er war der Sohn des Bruders meines Großvaters, eben des Mannes, dessen Bild nun

noch immer in der Kammer hängt, wo auch die alten Bücher liegen, die außer den Lehrer zur Zeit niemanden interessieren. Entfernt hatte der Onkel eine gewisse Ähnlichkeit mit meinem Großvater auf dem Bild, wenn man die Uniform meines Großvaters nicht beachtete. Aber auch mein Onkel trug ja Uniform, eine Art zwanghafte Verkleidung, die er sofort ablegte, sobald er die Kammer bezogen hatte, welche mein Vater mit seiner Hilfe im Laufe einer Nacht herrichtete.

Von da ab schlief mein Vater in dem Zimmer mit dem Schrank, was nicht auffällig war, da meine Mutter sich damals schon krank zu fühlen begann und so vorzog, lieber allein zu bleiben. Mein Vater duldete nicht, daß irgend jemand ihn in diesem Zimmer störte. Er wollte nicht einmal morgens das Bett gemacht haben, sondern bestand darauf, es selber zu machen, weil, wie er erklärte, es niemandem besser als einem Frontsoldaten gehen sollte. Ein Jahr später wurde er dann selber eingezogen, ohne jede Neigung zu militärischen Dingen.

Nur weil ich durch Zufall von Anfang an Kenntnis hatte von diesem Besuch, konnte ich auch weiterhin meinem Vater helfen, wenn etwas für den Onkel getan werden mußte. Auch besuchte ich ihn häufiger, obwohl mich, außer der abenteuerlichen Szenerie, in der er unbekannt in unserem Hause lebte, nichts sonderlich fesselte, wenn ich bei ihm saß. Er war mir gegenüber einsilbig, ja zuweilen verlegen, als nehme er an, daß ein Kind irgend etwas Besonderes von einem Erwachsenen erwarten würde.

Mein Vater hatte mich schwören lassen, daß ich zu niemandem (und das ohne jede Ausnahme) über den blinden Passagier in unserem Haus sprechen würde. Und ich hielt mich daran, auch weil ich geschworen hatte bei dem, was mir am heiligsten war. Mein Vater wollte nicht, daß ich es ihm gegenüber ausdrücklich mit Namen nannte. Es genügte ihm die Versicherung, ich wüßte sehr wohl eine Instanz, die fähig wäre, für mich verbindend so einen Schwur anzunehmen, und bei der wollte ich schwören.

Ich weiß nicht, ob er annahm, daß es sich bei mir um den gleichen protestantischen Gott handelte, den er versucht hatte, mir mit einigen sparsamen Hinweisen im Laufe meiner ersten Lebensjahre als den lebendigen deutlich zu machen. Doch nehme ich an, daß er auch gelassen geblieben wäre, hätte ich ihm gesagt, daß um diese Zeit der katholische Gott von Tante Yvonne, freudvoll und umrahmt mit Goldfolie, mir näherstand.

Er stellte es mir frei, ich konnte mir aussuchen, was ich wollte. Nur sollte ich den Mut haben, mich für einen zu entscheiden.

Ich hatte auch geschworen, daß ich für den Onkel sorgen würde, falls meinem Vater irgend etwas geschehen würde, das ihn daran hindern könnte, es zu tun. Für den Fall sollte ich gemeinsam mit meinem Onkel beschließen, wen wir noch ins Vertrauen ziehen wollten.

Doch nicht das Denkbare, Mögliche trat ein, sondern das Unwahrscheinlichere. Eines Tages legte mein Onkel seine wenigen Sachen ordentlich zusammengefaltet aufeinander ans Fußende des Bettes, hatte auch noch das Bettzeug abgezogen und es dazugepackt und verließ heimlich die Kammer. Er war mit nichts als mit einem Hemd und der Uniformhose bekleidet. Zwei Tage später verhaftete man ihn, vierzig Kilometer entfernt vom Hof. Niemand erfuhr, daß er sich bei uns versteckt gehalten hatte, und so blieb es eine Geschichte zwischen dem nun Getöteten, meinem Vater und mir – und Josef. Ihm war es gelungen, in die Kammer meines Onkels zu gelangen, und keiner erfuhr, was er mit ihm geredet hatte. Es gab nur kurz darauf ein Gespräch zwischen uns dreien, bei dem ich, bis auf einen Satz, gar nicht zu Worte kam.

»Er hat dasselbe Recht, hier zu sein, wie du und wir alle«, sagte mein Vater, und Josef schrie dagegen an: »Ich werde niemals hier sein wollen! Ich nicht, nicht hier!«

»Es war selbstverständlich, daß wir ihn aufnahmen. Auch du wärst dafür gewesen, hätte ich dich gefragt.« Wieder versuchte sich mein Vater gegen Josefs Vorwurf zu wehren, er würde uns alle gefährden, ja ihm, dem Vater, sei gleichgültig, was mit uns geschah.

»Und nicht nur, weil er zur Familie gehört«, erklärte mein Vater nun, »es ist einfach eine Sache des Anstandes, daß man niemanden in so einer Situation fortschickt, zudem bewundere ich seine Entscheidung.«

Ich fand, daß Vaters Stimme etwas zu bieder und recht-

schaffen klang, was mir unpassend erschien angesichts der verworrenen, nie ganz zu klärenden Geschichte, die doch ständig stattfand und deren Akteur auch er war.
»Ich bemerkte ihn nur durch Zufall«, sagte ich zu Josef.
»Ich auch nur«, antwortete er. Damit ging er fort, beklagte sich nie mehr ausdrücklich, nicht ins Vertrauen gezogen worden zu sein, besuchte auch den Onkel nicht mehr, der freilich nur noch wenige Tage blieb. Josef tat alles wieder so, wie es normal war für einen vierzehnjährigen Jungen, der zur Schule ging und der wußte, würde der Krieg noch länger dauern, müßte er im nächsten Jahr zur Flakabwehr. Selbst dies Unnormale war nun schon ganz normal vorgezeichnet, und in seiner Einsamkeit nahm Josef auch das als Bewährungsprobe an.
Am Tag, als unser Onkel erschossen worden war, kam Josef nachmittags von einem Sportfest. Heulend und schluchzend lief er durchs Haus, öffnete die Tür zum Zimmer meiner Mutter, das schon lange abgedunkelt war, weil sie Kopfschmerzen hatte. Dort blieb er bei ihr, und wir hörten ihn lange weinen.
Erst zum Abendessen kam er wieder heraus, mit ruhigem, noch etwas geschwollenem Gesicht und nach dem Eau de Cologne meiner Mutter riechend. Bei Tisch erwähnte keiner den Onkel, obwohl nun auch die Frauen, Giovanni und die Landarbeiter, die mit uns aßen, von seinem Ende wußten. Später sah ich Josef niemals mehr weinen, aber da wurden wir ja auch erwachsen . . .

9

Im Flur, vor dem Aufenthaltsraum, sehe ich ihn vor mir, seinen nach vorn gebeugten Rücken, das dunkle dichte Haar, die Arme leicht angewinkelt an den Körper, die Hände stecken in den Taschen seiner langen Wolljacke.
Er wendet den Kopf, da er bemerkt, daß jemand hinter ihm ist. Dann hält er die Hände vor sich, so als umfaßten sie schon meinen Kopf, kommt auf mich zu, und endlich, da wir uns in den Armen halten, erschöpft sich etwas Qualvoll-Unruhiges, das mich die ganze Zeit über herumgetrieben hatte. Es ist, als bekäme ich zum ersten Mal seit langem wieder genügend Luft zum Atmen, atme freier, kann vergessen, daß ich atme.
Der Aufenthaltsraum, in den der Pfleger uns weist, ist fast kahl, einige Bänke, Tische und Stühle ausgenommen, so daß dies flaschengrüne Linoleum, mit dem er ausgelegt ist, den Blick auf sich zieht. An den Seiten des Raumes scheint es sich hochzuheben, aber in der Mitte wirkt es niedergetreten, ausgelaugt, stellenweise fast erdig, so zerfasert.
Alles ist dürftig hier und gibt sich streng, als stände die Meinung dahinter, dies wäre genug des Notwendigen. Es riecht nach Sagrotan oder einem ähnlichen Desinfektionsmittel, und ich beuge mich nah zu Martin. Er mag Parfum. Doch wahrscheinlich habe ich wieder zu viel genommen, wie meistens jetzt, wenn ich ihn treffe, so als müsse nun alles intensiver für ihn sein.
»Manchmal benehme auch ich mich, als ob du krank wärst. Aber ich will es nicht, es ist nur die Logik der Umgebung. Du mußt geduldig sein.«
Zwei Männer gehen vorbei in das angrenzende Fernsehzimmer. Ein Raum ist trist wie der andere. Alles verstärkt so für jeden, der hier sein muß, den Eindruck, daß die Verbindungen zur Welt, die er zuvor gehabt hatte, eingestürzt sind oder verödet wurden. So isoliert und verwahrt bleibt nur der Körper versorgt, während seine Existenz, so unaufgenommen, ihm selber allmählich zum Rätsel werden muß.

Martin streicht mir mit dem Finger über die Augenbraue, zieht die Linie des Bogens nach, die unvermittelt einen Knick macht, was ihn immer amüsierte, ein Clownsgesicht. Ich schiebe meine Hand unter seine. Sie liegt auf dem glatten, abgesessenen Holz, und ich fühle die Wölbung seiner Hand über meiner, seine Körperwärme und den sanften Gegendruck nun.
Öfters kommen Patienten vom Flur her, gehen diagonal durch den Raum auf die Tür zu, die uns gegenüber ist, öffnen sie ein wenig und schlüpfen ins benachbarte Zimmer. Jedesmal höre ich dann Stimmen aus dem Fernseher, zuweilen auch Musik, ohne daß wir das Bild sehen können. Manchmal kommen auch einige Patienten zurück auf demselben Pfad. Es ist die kürzeste Linie, die sich zwangsläufig ergibt.
Sie beachten uns nicht, die wir nun regungslos sitzen. Ich habe aufgehört zu reden. Er hält noch immer seine Hand auf meiner. Plötzlich begreife ich, daß Erinnerungen ganz unwichtig geworden sind, ich brauche sie nicht mehr zu erwähnen, unser Einvernehmen beruht nicht darauf.

So ein lichtdurchlässiger, fadenscheiniger Himmel ist über uns, als wir das erste Mal zusammen hinausgehen dürfen, die Wege im Bereich der Klinikanlage entlanggehen, einer neben dem anderen. In der Nähe der Zäune sehen wir in die abgewandte Landschaft hinaus. Diese Froststimmung schafft ein Vakuum, in das unser Schweigen paßt. Zurück sich wendend, bleibt er bei dem Rasenstück mit den Birken stehen, geht in die Knie, legt sich hin, wie ein junges Tier, das sich ausruhen will.
»Es ist zu kalt, komm doch«, sage ich und versuche, ihn hochzuziehen. Aber er reagiert nicht, hält die Augen geschlossen. »Bitte, komm«, wiederhole ich noch einmal, laß aber sogleich seinen Arm wieder frei. Du hast recht, dein Mantel ist dick genug, um dich eine Zeitlang warm zu halten. Bleib also. Wenn es dich nicht kümmert, soll es auch mich nicht kümmern, daß nun Leute kommen, zufällig, aber sie nähern sich.
Es ist ein Pfleger, der Freistunde hat, mit einer ältlichen Frau, die wohl das erste Mal mit ihm hier ist. Während er auf sie einredet, stößt zuweilen seine Hand in die Luft vor und weist auf das, was er ihr beschreibt. »Sie kommen«, sage ich zu

Martin, der nun die Augen geöffnet hat. Auch er sieht sie und lächelt mich ironisch an.
Da leg' ich mich zu ihm, als sei Frühling und wir im Recht, hier zu liegen auf dem Rasen unter den Birken, die sich freilich jetzt im blattlosen Wartezustand halten. Liegend fühle ich im Rücken die Erde, bin abgelöst von ihr, dem Himmel gegenüber, diesem faden Grau, das alle Glut verschleiert. Sie muß anwesend sein, da ich sie in meinem Körper spüre.
Das Paar kommt näher und bleibt nun in kurzer Entfernung vor uns stehen. Sie betrachten uns, wie wir ruhig nebeneinanderliegen. Eine friedliche Demonstration, denk' ich, aber die beiden sind wohl anderer Meinung.
Vielleicht wäre jeder einzelne von ihnen, wäre er an uns vorbeigekommen, weitergegangen, hätte uns verwunderlich gefunden, aber sich selber nicht dazu aufgerufen, einzugreifen, schon gar nicht in einer Freistunde. Aber so, wie es jetzt ist, sie zu zweit, müssen sie etwas tun. Der Mann zeigt der Frau, daß er sich immer im Dienst fühlt, und die Frau möchte ihre Empfindsamkeit beweisen. Sie gehört zu jenen, die so ausführlich die Geste des Helfens machen, daß ihnen keine Notwendigkeit und Kraft mehr bleibt, tatsächlich Anteil zu nehmen. »Stehen Sie auf.« Der Pfleger ergreift Martins Arm, und da dies nicht ausreicht, zerrt er mit der anderen Hand am Saum des Mantels. Schließlich packt er das eine Bein, als könne er damit erreichen, daß Martin sich aufstelle, was doch gerade so, wie er nun bedrängt wird, unmöglich ist. Irgendwann sieht der Pfleger das ein und läßt los. Martin setzt sich, steht wie in großer Müdigkeit abwesend auf, hilft mir hoch und schweigt zu allem, was die beiden zu ihm sagen.
Erst als der Pfleger ihn am Arm faßt, um ihn zum Haus zurückzuführen, wehrt er sich mit Worten, gurgelnden würgenden Lauten; doch ohnmächtig, verloren an den zischenden Atem, geht jeder Protest unter.
»Lassen Sie ihn los«, schreie ich, »wir werden zusammen zurückgehen, aber nicht so.«
»Sie hätten ihn daran hindern müssen, anstatt sich dazuzulegen.«
»Es war mein Wunsch, daß wir uns hinlegten. Haben Sie niemals den Wunsch, sich plötzlich auf der Erde auszustrekken?« Der Pfleger antwortet nicht, redet jetzt mit der Frau,

die lächelt mit einem eigentümlichen Stolz, als trüge der Mann nicht einen einfachen Kittel mit einer Joppe darüber, sondern eine Uniform, die ihn erhöht zu dem, was er repräsentiert. Und so spricht er wieder auf Martin ein, erwähnt Anordnungen und Maßregeln und zieht ihn ins Haus. Mich trennt man wieder von ihm, um ihm jede Aufregung zu ersparen. »Es ist in seinem Interesse«, sagt man und sieht mich mißtrauisch dabei an, ist sich nicht klar über meine Verfassung, zählt nicht auf mich, da ich draußen mit ihm auf dem harten Boden gelegen hatte, auf den gefrorenen Gräsern. Ich denke an die wahnsinnige, mich wegschleudernde Erschütterung im Frühsommer draußen, auf seinem lieben Körper liegend, als umarmte ich die Erde.
Ich werde mit dem Finger auf deine nackte Brust Buchstabe um Buchstabe unsere Namen schreiben. Ich will das Recht haben, nicht zu vergessen, wer du bist.

Ich bemerke, daß ich Ausflüchte mache, abschweife, mich versichern will. Ich versuche, mir ein Netz zu schaffen, das mich auffängt, wenn ich abkippe. Ich halte es nicht aus, Ruhe zu geben, telefoniere, sobald ich ins Haus komme, als müsse ich mich ständig wieder vergewissern, es gibt Antworten.
Wenn ich eine Nummer wähle, antwortet jemand, den ich kenne, er weiß meinen Namen, läßt sich auf irgendein Gespräch mit mir ein. So entsteht ein oft etwas unverbindliches, aber doch beruhigendes Beziehungssystem, zu dem ich gehöre, auch wenn es mir auf vertrackte Weise, je zahlreicher die Kontakte sind, die ich anspreche, immer anonymer zu werden scheint.
Ich kann die Stille im Zimmer nicht aushalten, gehe in die Küche, sehe nach, ob einer der anderen da ist, damit ich nicht allein Tee trinken muß.
Dann versuche ich wieder, Josef zu erreichen. Aber er läßt sich immer verleugnen, wenn ich anrufe, oder vielleicht ist er wirklich nicht da, wie Britta behauptet. (»Irreparabel« – sagte sie es nicht damals zum ersten Mal?) Mehrmals versprach sie, daß er wieder zurückrufen würde, doch er tat es nicht.
Ich telefoniere auch mit Dr. Fuchs, der mir verspricht, Dr. Jakob anzurufen, obwohl, wie er nun sagt, er ja Martin kaum kenne und vom Krankheitsverlauf nichts wisse, auch nicht die Vorbedingungen, die Martin mitbringe. Er drückt sich

zögernd aus, und ich muß das verstehen, »die Entscheidung liegt bei den dortigen Kollegen, da kann niemand ihnen hineinreden«.
Sogleich entlasse ich ihn wieder aus seinem Versprechen, muß die Hoffnung aufgeben, durch ihn Einfluß auf Martins Ärzte zu nehmen.
Ich rufe auch den Anwalt an, der ein Jugendfreund von Martin ist. Ich weiß, daß er in der Kreisstadt beim Gericht arbeitet und zugleich eine Praxis hat. Ich bitte ihn um einen Termin, möchte ihn beauftragen, Martins Rechte wahrzunehmen.
Er sagt mir jede Hilfe zu, schon Martin zuliebe, wie er betont, will aber zuvor mit Josef Kontakt aufnehmen. Er zählt auf dessen Mithilfe, schließlich kennt er auch ihn aus der ganz frühen Zeit, weiß von dessen Nüchternheit und sportlicher Fairneß, wie er behauptet. Vielleicht meint er dies nicht so positiv, wie es klingt, oft nehme ich etwas zu wörtlich. »Rufen Sie mich an, sobald Sie mit ihm gesprochen haben«, sage ich und blättere schon in meinem Notizbuch herum auf der Suche nach einem anderen Anwalt, den ich anrufen könnte.
Ich schreibe an Verena: »... so halte ich eine Geschäftigkeit aufrecht, die wie die äußere Bewegung eines flatterigen Kleides um mich herum ist, während ich selber, kältestarr und müde, mich kaum bewegen mag. Komme dauernd ins Lautlose ab, auch wenn ich den Hörer am Ohr halte. Du bist hier willkommen, wenn dich die trügerische Ruhe nicht abstößt. Hier läuft nichts, insistiert alles auf der Stelle, wiederholt sich und verändert sich allmählich dabei.
Dazu nun das weiße Frostlicht morgens, hält für den halben Tag vor und fährt nachmittags schon in die Grube. Um fünf müssen wir spätestens Licht machen, dann ist es stockdunkel im Haus.
Aber wenn du kommst, können wir Spaziergänge machen, an der Niers entlang und in den Reichswald. Er hat längst nicht mehr die Ausdehnung, die ihn früher wohl zu etwas Legendärem gemacht hatte, verlor Land, wurde abgedrängt, zurückgedrängt, dezimiert. Aber noch immer ist er so groß, daß man nur gelegentlich auf andere Wanderer trifft oder auf Holzfäller. Mit Brandmalen sind die Bäume für sie bezeichnet.

Oder wir werden am Rhein entlangfahren, dessen Wiesen sich jetzt weit in den Fluß vorstrecken. Der liegt abgekältet da wie die Erde, so daß sie beide trefflich zusammenpassen. Und wenn wir im Dunkeln nach Hause kommen, kannst du die Rübenmaschine sehen. Lärmend ruckt und drängt sie voran übers Land, eine blecherne röhrende Maschine, erleuchtet und drei Meter im Quadrat, die Erde vor sich mit Scheinwerfern absuchend. Sie wirkt wie aus eigener Kraft voranstampfend, nichts wird hinter ihr sein, wie es vor ihr war, obwohl alles von der gleichen lehmigen Dunkelheit abgedeckt bleibt. Das Licht innerhalb der Maschine ist gelblich, hat eher etwas Heimliches, Organisches, nichts von der flutenden Science-fiction-Überlegenheit des Neonlichtes. Vielleicht also wirkt gerade deswegen diese Maschine auf mich wie eine Allegorie des lärmenden, klammheimlichen Todes ...«
Ich breche den Brief ab, sollte hinzusetzen, daß dies Spektakel mit der Rübenmaschine, das jetzt allabendlich hier stattfindet, die einzige Bewegung auf den Feldern ist (wobei die Nacht mir plötzlich auch ein Feld geworden ist) und mir wahrscheinlich deshalb solchen Eindruck macht. Und natürlich ist diese Maschine nicht unbemannt.
Karl Anton sitzt darin und erinnert mich an Don Quichotte, obwohl er das durchaus Vernünftige tut. Er hilft der Bäuerin nun schon halbtageweise, da er befürchten muß, daß er in der Gärtnerei nicht mehr länger unkündbar ist. Noch weiß niemand etwas Genaues, aber trotzdem gilt es als gewiß, daß Josef schon einen Pächter gefunden hat. Den beiden Jungen ist das einerlei. Es ist anzunehmen, daß sie bleiben werden, und wenn nicht, werden sie etwas anderes finden, was ihnen nicht viel besser oder schlechter vorkommen wird als das Leben, was sie hier gehabt haben. Sich etwas anderes als das Gegebene vorzustellen, kam ihnen fast nie in den Sinn, und so kam es auch kaum zu Spannungen zwischen dem Tatsächlichen und dem Wünschenswerten, welche ja sonst das Bewußtsein anfachen. Ich werde den Brief an Verena nicht fertigschreiben, denn nun habe ich endlich Gesellschaft in der Küche und koche für Augustin und Bernward Tee. Lorenza ist vor Tagen in die Stadt gefahren, um jemanden zu besuchen, den sie nicht näher benannte. Augustin und Bernward fragten auch nicht danach, nahmen die karge Auskunft selbstverständlich an.

»Wenn sie wiederkommt, werden wir bald fahren«, sagt Augustin, und ich finde das richtig, versuche es wenigstens.
»Wir haben eine Adresse in Sterzing, da treffen sich jetzt einige von uns.«
Früher hätte ich angenommen, es handele sich tatsächlich um eine Gruppe von Freunden, die sich verabredete, um sich zu einem bestimmten Zeitpunkt zu treffen. Aber inzwischen habe ich gelernt, daß möglicherweise in diesem Haus in Sterzing, wenn die drei hinfahren sollten, kein Mensch ihnen bekannt sein würde, und niemand fände das erstaunlich.
»Wir geben dir die Adresse, falls du mal fort willst, für ein paar Tage wenigstens«, sagt Bernward.
»Kann doch nicht«, sag' ich und »Sterzing ist weit.«
»Weit von wo?« Bernward spielt auf einen alten Witz an, doch er weiß, von wo aus für mich, und sagt: »Neulich bekam ich in Kalkar die Adresse von Holländern. Die Leute werden dir gefallen, wohnen bei Scheveningen am Meer.« Er sucht in seinen Taschen herum, holt allerlei Adressen heraus, schreibt mir welche ab.
Endlich habe ich fünf kleine Zettel mit Namen und Anschriften in der Hand. Bei einigen steht dahinter noch ein Hinweis: »W. G. Interessiert sich für Jazz...« oder dergleichen.
Ich halte sie in Händen. Nachrichten einer Schnitzeljagd, denke ich, alle gleich fremdartig und wie chiffriert, weil nur andeutungsweise Informationen gegeben werden. Nur die Orte liegen weit auseinander, und für mich ist es kein Spiel mehr.

Am Montag, zur Zeit der offiziellen Besuchsstunde, sind viele Leute in dem Raum, wo ich das erste Mal mit Martin gesessen hatte. Flüchtig betrachtet, könnte es eine Versammlung von Menschen sein, die miteinander nicht viel zu schaffen haben, Gruppen, die in der Vorhalle eines Wettbüros stehen und auf den Ausgang eines Ereignisses warten, das sie alle beschäftigt, ohne eine Kommunikation über diesen Anlaß hinaus zu bringen. Die Kleidung ist so durchgehend ähnlich, praktisch und unauffällig, daß sich dadurch kaum einer vom anderen unterscheidet. Nur drei Patienten fallen auf, durch sonderbar unpassende Zusammenstellungen von Hosen und Jacken. So als trügen sie geliehenes Zeug, das nur

noch ausschließlich die Funktion haben soll, den Körper ausreichend zu bedecken. Wahrscheinlich gerade deswegen haben sie versucht, es herauszuputzen, mit einer Schleife, einem geziert gerafften Tuch in der oberen Jackentasche, und bewegen sich, als wären sie kostümiert. Früher wurden bei uns im Arbeitsamt Treffstunden abgehalten, in denen Statisten ausgesucht werden konnten, die für Filme oder Theaterstücke benötigt wurden. Während meiner Ausbildungszeit hatte mich eine Freundin einige Male mitgenommen. Sie war arbeitslos und zur Vorstellung gebeten worden.
Es war aber keine Vorstellung, sondern ein Auftrieb, ein Massenaufgebot, aus dem am Ende kaum ein halbes Dutzend Schauspieler herausgeholt wurde, um im Nachbarzimmer ihre Anweisungen und den Laufzettel vom Arbeitsamt zu bekommen. Wie diese Leute hier im Raum standen, so standen damals jene nebeneinander oder saßen die Zeit abwartend auf den Bänken.
Irgendwann, wenn die Uhr über der Tür schon stundenlang jede Minute ruckhaft den großen Zeiger bewegt hatte und uns ausgiebig zu Bewußtsein gekommen war, wie überfällig nun alle überraschenden Chancen waren, gingen endlich zwei junge Männer durch dic Gruppen der Wartenden, Assistenten meistens, die flink entschieden. Nie war es der angekündigte Regisseur selber, von dem einige gehofft hatten, er würde sich ihrer erinnern.
Ich rede mich auf Vergleiche hinaus, auf Vergangenes, Entlegenes, und bin doch längst schon hier mittendrin. Ungeschützt seh' ich uns voreinander im Licht einiger Glühbirnen, die auf dem sechsarmigen Reifen sitzen und mehlige Schirmchen haben. Wir stehen auf dem grünen Linoleum, fast uns berührend, doch fassen wir nicht zu und lösen uns auch nicht. Die Augenblicke stauen sich, ohne Theatralik. Nicht die Patienten werden hier freigegeben und ausgestellt, sondern wir alle gemeinsam sind in eine ausweglose Situation gekommen, miteinander, ohne Zutrauen, daß dies hilfreich sein könnte. So verkommen wir alle miteinander, und darum erscheint auch die ganze Szene so leblos, obwohl sie doch in ständiger Bewegung ist. Einige treten neu ein, andere wandern zur Kaffeestube hinüber oder kommen zurück.
Ich suche Martin, höre im Vorbeigehen Fetzen von Gesprächen, meistens über Krankheiten, normale Krankheiten ver-

steht sich, Erkältungen, Krebs. Dabei fällt mir nun erst auf, daß auch viele Einzelgänger zwischen den Gruppen stehen, zu keiner gehören, nur so dabei sind, horchend, unruhig wie ich.
Ich entdecke Martin mit einem alten Mann zusammen. Sie sitzen an einem Tisch am äußersten Ende des Raumes, nah am Fenster, und Martin hält mit der Hand die Scheibengardine zurück und sieht hinaus, während der Alte auf ihn einschwatzt.
Wenn ich Martin nun so sehe, ist es, als wäre nichts geschehen, und er würde aufstehen, wenn ich käme, und mich umarmen, alles noch wie im Sommer, und wir würden fortgehen, wie zwei Besucher. Ich brauche nur nicht näher heranzugehen, dann kann ich mich im Wahn halten, alles sei unveränderbar geblieben. Der kleine Alte, der bei ihm sitzt, nennt sich selber Gundy. Er ist wie ein hüpfender Narr aus einer Komödie und seit einigen Tagen Martins Freund. Er erzählt Martin den Inhalt seiner Lieblingsbücher, kriegerische, pornographische, variiert sie ins so Wunderbare, daß sie schließlich Berichten von verwegenen Reisen ins Innere eines fabulösen Berges gleichen. Er liebt Martin dafür, daß er zuhört, ihn nicht unterbricht, keine Fragen stellt, nichts anzweifelt, sondern geduldig nur ab und zu nickt, als kenne er sich aus. So weiß Gundy, daß sein Zuhörer ganz bei der Sache ist, sich nicht ablenken läßt vom Tageszeitlosen dort draußen, dieser grauen Emulsion, welche die Lücken zwischen den Häusern gegenüber ausfüllt bis herunter zum schmutzigen Erdstreifen dazwischen.
Ich geh' nicht zu ihnen, jetzt nicht. Ich fürchte plötzlich, die Fassung zu verlieren, wenn ich zu den beiden käme, mich zu ihnen setzte und zuhörte, wie ich es sonst schon getan hatte.
So gehe ich hinüber in die Kaffeestube, wo Besucher mit den Patienten beisammen sitzen wie Ausflügler, die in einem Café einkehren, weil das Wetter nicht danach ist, spazierenzugehen, und der Omnibus, mit dem sie nach Hause fahren wollen, erst in Stunden fährt. Oder weil sie sich vorgenommen hatten einzukehren und kein anderes Café weit und breit zu finden war als dies hier am vergessenen Randgebiet einer Großstadt. Es ist unmöglich, an der Theke einen Kaffee zu bekommen, und hinsetzen will ich mich nicht. So geh' ich wieder hinaus, lauf' um das Haus 5 herum, in der Hoffnung,

Martin würde mich durchs Fenster sehen. Aber die Gardine ist wieder vollständig vors Glas gezogen, verwehrt mir den Einblick.

Als ich hineingehe, merke ich, die Stimmung hat sich verändert. Im anschließenden Raum ist der Fernseher eingeschaltet worden, deshalb haben sich die Gruppen anders formiert, ausgerichtet auf den Apparat hin, der auf einem Brett etwas erhöht in der Ecke angebracht worden ist. Plötzlich entsteht Unruhe, weil einige Männer sich um die Plätze am Tisch streiten, der dem Fernseher am nächsten ist. Ein Pfleger greift ein, und so wird deutlich, wer hier Patient ist und diesen entschiedenen Griff hinzunehmen hat.

Dann kehrt Ruhe ein, die sich auch den Leuten hier vorne im Aufenthaltsraum mitteilt. Manche Leute flüstern jetzt nur noch miteinander, als hätten sie Respekt vor den Geräuschen, die aus dem Fernsehapparat kommen, alle Bewegungen wirken reduziert, als versuche jeder, seinen Körper zu vergessen, ihn zu unterdrücken, sich selber niederzuhalten in fast lethargischer Verlangsamung.

Jenseits von den Leuten, die an der offenen Tür stehen und in den Fernsehraum sehen, lockert sich der Umkreis der Leute. Einige wenden sich nun auch der Gruppe zu, die ganz unbeteiligt vom frühen TV-Nachmittagsprogramm mit einem Spiel begonnen hat. Obwohl ich ihnen längere Zeit zusehe, verstehe ich das Spiel nicht, da ich die Regeln nicht weiß, nach welchen die fünf Spieler sich bewegen. Was sie tun, kommt mir beziehungslos vor, wie sie die Hände zueinander ausstrecken, sich umdrehen, auf einem Bein in den Kreis hüpfen und wieder zurück. Rätselhaft und gänzlich unerfindlich, warum einer ausscheiden muß und einer der Zuschauer neu in den Kreis treten kann, der sofort weiß, was er zu tun hat, die Arme hebt. Einer weist immer mit großer Gebärde auf den nächsten hin, der diesen Gruß weitergibt, bis plötzlich einer das so auffaßt, als sei er an der Reihe, in die Mitte des Kreises zu treten, während das Aufeinanderweisen immer schneller weiter um ihn herumläuft.

Ich frage einen Mann, der neben mir steht, was der Sinn des Spiels sei, aber er findet wohl meine Frage überflüssig, denn er antwortet nicht, ganz in die Beobachtung der Bewegung vertieft. Ich möchte Martin finden, seh' ihn aber nirgends, nur Gundy, der lächelnd herumschreitet, als erfreue ihn diese

Situation. Doch plötzlich schreit er auf, rutscht aus, obwohl da nichts liegt, worauf er hätte ausrutschen können, und schlägt hin.
Wir legen ihn auf die hölzerne Bank, die an der Schmalseite des Raumes entlangführt. Noch meine ich, seinen Schrei zu hören, da schreien schon jene, die nun am nächsten bei ihm stehen. Sie berühren ihn, und da er sich nicht regt, entsteht ein Abstand zwischen ihnen und ihm und macht ihre Stimmen heftiger und schriller. Sie schreien seinen Namen, immer wieder, feuern ihn an, wie einen gestürzten Boxer im Ring, wie einen Ertrinkenden, damit er sich noch über Wasser hält, nicht untergeht, nicht aufgibt. Ohnmächtig wegsinkend, hört er sie vielleicht. Nun beginnen auch schon die weiter im Hintergrund Stehenden zu rufen, schreien den Namen dessen, der dort abtreibt, brüllen endlich vor Einsamkeit und Entsetzen, halten sich die Hände vor den Mund.
Das alles dauert nicht lange, wird nur endlos in meinem Kopf bleiben. Die Pfleger haben sich, aus dem Fernsehzimmer kommend, bis zu Gundy gedrängt, wenden sich jetzt zu den Schreienden.
Fast ebenso plötzlich wie er begonnen hatte, bricht nun der Tumult ab. Eine ganz unmäßige Stille tritt ein, und man trägt Gundy hinaus.
Martin hat mich endlich entdeckt und zieht mich mit sich fort, bis wir draußen sind im Freien zwischen den Häusern.

»Auch ich würde es natürlich gerne haben, daß hier bei uns manches anders wäre«, sagt Dr. Jakob und sieht mich freundlich an. Ein athletischer Typ, dieser Arzt, dessen stattlicher Körper sicher einigen Erfahrungen im Wege stand. »Und natürlich haben auch wir intern das italienische Experiment diskutiert, tatsächlich sehr bemerkenswert. Auch wir sind für die offene Psychiatrie, sehen aber mehr Gewinn in einer langsameren Öffnung, wir müssen auf unsere speziellen deutschen Verhältnisse Rücksicht nehmen.«
Da unser Verhältnis zum Offenen, Freieren immer schwierig war, gebe ich ihm wider Willen recht. Und doch beharre ich darauf, daß auch hier möglich sein müßte, was Franco Basaglia mit seinen Leuten in Triest fertiggebracht hat, Veränderung des Verhältnisses zu psychisch Gefährdeten,

Auflösung der gefängnishaften Bedingungen. »Es ist auch die offizielle Meinung«, sagt Dr. Jakob und spricht, als zitiere er, »eine verantwortungsbewußte Reform, die in unseren Grenzen bleibt und niemanden überfordert.«
Genaugenommen höre ich gar nicht mehr zu, sehe ihn nur an, während er vom deutschen Freiheitsbegriff spricht. Es ist, als ob ich in einer Großstadt am Bahnhof stehe, vor mir die Karte mit dem Streckennetz der U- und S-Bahnen. Wenn ich einen Knopf drücke und somit mein gewünschtes Ziel angebe, erleuchtet sich sofort die dahinführende Strecke, eine Verbindung von Punkten. So wähle ich nun den vom Doktor genannten Begriff und denke über die Kombinationspunkte nach, die plötzlich so grellfarben aus der Vergangenheit aufleuchten, immer auf Einschränkungen verweisen, auf Autoritäres, vergebliche Empörungen. Ich versuche, mir die Stationen konkret vorzustellen, aber laß mich nun doch wieder ablenken von dem, was Dr. Jakob sagt. Alles macht er durch das zerstreute Reden zu etwas Zufälligem, das Helfen und Verändern in Triest, das Zögern hier. Die Überlegungen zersetzen das, was zu tun ist.
Warum sage ich nun nicht, was ich denke, welche Scheu hindert mich, laß ich mich einschüchtern von der Umgebung, fürchte ich, Martin zu schaden? Auch ich sehe mich vor, will mich nicht um die Gunst des Arztes bringen, falls er günstig gestimmt sein sollte. Ungünstiges gibt es genug.
»Ich wollte mit Ihnen über meinen Freund sprechen«, sage ich.
»Ja, gewiß ein komplizierter Mensch, wie mir scheint.«
Ich überlege, welche Identität Martin hier für jene hat, die ihn zuvor nicht kannten. Dr. Jakob spricht mit einer Engelsgeduld über sensorische und amnestische Aphasie, darüber, daß durch fortgesetzte Wortfindungsstörungen eine immer stärker werdende Sinnentfremdung und Verlust der Gegenstandsbezogenheit auftritt. Ich könnte nichts davon verstehen, hätte ich mich nicht seit Wochen mit diesen Begriffen vertraut gemacht.
»Was wird jetzt mit ihm geschehen?«
»Wir müssen sehen, daß er nicht wieder in solche Erregungszustände hineinkommt.«
Ich bitte darum, ihn gelegentlich herausfahren, ihn zur Logopädin bringen zu können, welche gerade angefangen

hatte mit der Behandlung. Zumal es hier in der Anstalt keine gibt. »Wenn Sie ihn hinausnehmen wollen, sprechen Sie das mit dem Stationsarzt ab. Im übrigen sind Sie verantwortlich, daß er pünktlich wieder zu den Tischzeiten zurück ist. Es ist bedauerlich, daß wir immer zu wenig Personal haben...«; und so wechselt er wieder zu einem allgemeinen Thema hinüber, die Situation der Anstalt betreffend. »Zudem sind wir keineswegs ausgestattet wie die neueren Anstalten, kein Panzerglas, keine Schleusensysteme, keine technischen Überwachungsanlagen.«

»Es läßt sich mit Technik nicht lösen, eben das ist der Grund, warum die Italiener...«, sage ich, aber er winkt ab. »Ach, wissen Sie, ich habe da, wenn ich aufrichtig sein soll, ganz andere Vorstellungen. Es gibt etwas, das mir oft in den Sinn kommt und das ich wiederbeleben möchte, aber es ist 13. Jahrhundert. Vielleicht bin ich ein Mensch aus einem anderen Jahrhundert.« Aus welchem Grunde auch immer, er ziert sich damit und macht eine Pause, stützt die Arme auf die Lehnen des Sessels, wie alles hier im Büro Fünfziger-Jahre-Stil, und legt die Fingerspitzen aneinander. »Da gab es musikalische Veranstaltungen, Theaterstücke wurden aufgeführt, Tänze und Chöre einstudiert und wunderbare Geschichten vorgetragen. Sehen Sie, wenn so etwas möglich wäre«, er schweigt wieder, fährt dann sachlicher fort: »Ich interessiere mich zum Beispiel für Chöre. Aber da müßte man viel länger und angestrengter proben, als es jetzt möglich ist mit den Kranken. Auch könnte das bei uns nur auf freiwilliger Basis gemacht werden, und da kommt doch nichts zustande. Da kommt doch kaum einer, ich meine, wirklich kontinuierlich zu jeder Probe, so wie es sein muß, damit etwas Schönes entsteht.«

»Ja, natürlich«, sag' ich, »schön gewiß«, und alles, was mich umgibt, was ich denke, die vorgestellten Chöre, Gundys Schrei und die Antwortschreie der anderen, die Suchschreie, das Unterfangen des anderen mit der Stimme, ihn zum Ufer tragen wollen, aus dem Überfluteten hinaus, und dazwischen Martin, der sich mit der geheimnisvollen Geste des Schwerhörigen vorneigt – all das rutscht plötzlich jenseits der Schattenlinie. Nichts ist erreichbar mehr, gibt nur Kunde von sich, wie das Klopfen meines Herzens, das immer lauter wird, das vorangeht, oder insistiert es nur auf der immer zu wiederholenden Tonfolge, während die Nadel die Rille nicht verläßt. Ich will kühner und demütiger werden.

»Ist Ihnen nicht gut?« fragt Dr. Jakob, und so taucht er wieder ganz klar vor mir auf. »Ich werde Ihnen einen Kaffee bringen lassen.«

»Nein danke, ich kann hinüber in die Kaffeestube gehen.« Ich bemerke, wie ungeschickt ich bin beim Aufstehen und wie er mich beobachtet.

»Es wird schon wieder«, sagt er und steht nun so unsicher auf wie ich oder erweckt den Eindruck, daß es so sei.

10

»Weißt du noch«, sage ich und weise auf das Gatter, welches das Gebiet der Gärtnerei zur Straße hin abschließt und das wir im Frühjahr beide zusammen weiß angestrichen hatten. Ich rede über alles, was wir sehen, als könnte er nicht selber wahrnehmen, nicht genau genug, als müßte ich es besprechen, damit es uns bleibt.
Ich biege von der Chaussee in unseren Weg ein, und er sitzt neben mir.
Es ist so, als käme er zurück, zu Ende wäre die Zeit, die mit dem Unfall begann. »Siehst du, alles wie immer.«
Auch wenn ich dich in zwei Stunden wieder zurückfahren muß, jetzt sind wir hier, gehen ins Haus hinein, halten uns nah beieinander. Meine Verachtung für die Zeit ist in diesem Augenblick unsäglich, niemand versprach uns das Glück für immer.
Er geht in seinen Arbeitsraum, dann in die Küche. Er bleibt schweigsam und geht mit der Freude erstaunt und vorsichtig um.
»Nichts hat sich verändert«, sage ich, »alles ist noch in der Planung wie zuvor.« Und da er sich fragend umsieht, füge ich hinzu: »Lorenza ist schon seit Tagen in der Stadt. Und Bernward und Augustin sind nach Amsterdam gefahren.« Noch während ich von ihnen spreche, merke ich, er verliert das Interesse, vielleicht fragte er auch nicht nach ihnen. Er sieht Post an, die auf dem Tisch liegt. Zwei Briefe von Freunden, die sich nach ihm erkundigen. Ein Brief von Verena, einer von meinen Eltern, einige Rechnungen, die mit der Gärtnerei zu tun haben und die ich noch mit Karl Anton besprechen muß, wenn nicht mit Josef, wie Karl Anton nun immer öfters behauptet.
Ich frage Martin, welchen Tee ich uns aufgießen soll, weise auf die verschiedenen Dosen, und er sucht sich eine aus.
Ich nenne ihm die Namen seiner Freunde, die auf ihn warten, und da er zuzuhören scheint, verlängere ich die Reihe, nenne die Namen von allen Leuten, die ich kenne und die mir gerade

einfallen, füge auch andere hinzu, deren Bücher uns notwendig waren. Namen von Musikern und Schauspielern. Das weitet sich aus, ich finde kein Ende. Schon sind die Verwandten und Nachbarn aufgezählt und jene, die früher hier gelebt haben, Tote wie Lebende. Leute, deren Namensschild ich nur im Vorbeigehen über einem Geschäft gelesen hatte, auch erfundene Gestalten und Reisende jeglicher Zunft. Und da beginnt auch er zu reden, mit mir sitzend, undeutlich zwar, aber doch lebhaft. Er verliert das Starre, das ihn nun so oft unerreichbar erscheinen läßt, und je zugänglicher er wird, um so sicherer werde auch ich. Fort rede ich mir die Angst, das Alleinsein, das einschnürende Würgen am Morgen beim Erwachen und nachts das mühsame Zurechtfinden.
Ich erfinde Wörter, um das auszudrücken, halt' mich nicht mehr an den verabredeten Sinn, der mir ohnehin zuweilen nur noch Attrappe zu sein scheint. Ich erprobe Laute und Wörter, die ich zwischen seine streue. Sie nehmen eine fremdartige, schöne Körperlichkeit an und scheinen ihn zu begeistern wie mich.
»Aber die Grammatik«, ruf' ich, als hätte ich etwas Wichtiges vergessen, und da brechen wir in Lachen aus.

Wir gehen zur Gärtnerei, da Martin es verlangt. Doch je näher wir kommen, desto langsamer geht er, sieht nun, daß Karl Anton und Andreas im Gewächshaus sind. Vielleicht zögert er deswegen, fürchtet die Reaktionen der Leute, ihre Unsicherheit im Umgang mit ihm, ihr Mißtrauen, er könne nichts mehr erfassen. Allein durch ihr Wissen, daß er jetzt in der Anstalt lebt, würden sie sich unnatürlich ihm gegenüber benehmen, befangen, weil er von dort kam.
Wenn doch wenigstens Giovanni da wäre, denk' ich. Aber der ist fortgefahren, der Lieferwagen steht nicht mehr im Hof. Vielleicht hätte ich dafür sorgen sollen, daß er nun da ist, aber andererseits wollte ich nichts für Martin arrangieren, als wäre er jemand, der zu bevormunden sei. Andreas treffen wir als ersten, er grüßt und weicht aus, geht eilig fort, bleibt aber in einiger Entfernung stehen und beobachtet uns. Er, der Langsame, scheint seine Normalität gefährdet zu sehen durch Martins Auftauchen, fürchtet sich vor einem anderen, der das Ungewöhnliche verstärken könnte.
Karl Anton begrüßt uns, sagt zu Martin: »Gut, daß du da

bist«, und faßt ihn beim Arm, führt ihn im Treibhaus herum, erklärt, was getan worden ist.
Martin strengt sich bei jeder Antwort an, versucht, verständlich zu sein, spricht meistens nur Einwortsätze. Darüber gelingt nichts, und so schweigt auch Karl Anton. Worte sind nichts Unauffälliges mehr.
Martin sieht sich die Stecklinge an, die gerade pikiert worden sind, beobachtet die Düngezufuhren, die Berieselungsanlage, geht durch die Reihen, bis er alles gesehen hat. Zufrieden stellt er fest, daß die Oleanderbäume in den großen Kübeln zeitig genug aus dem Garten hierher in Sicherheit gebracht worden sind, bevor der Frost sie angreifen konnte. Er steht nun neben den mannshohen Gewächsen, prüft den Knospenansatz, und plötzlich lächelt er, hebt die Hand und winkt leicht.
Durch die Scheibe sieht Ida hinein. Das Gesicht hinter Glas ist undeutlich wie entrückt, komisch und verzückt, aufgeregt und verträumt. Martin ist für sie, halbverdeckt durch die sperrigen Zweige des Oleanders, überraschend aufgetaucht nach so vielen Monaten, und sie betrachtet ihn nun, als wäre er verwunschen und anwesend zugleich.

Man fand ihn am Rhein. Spaziergängern war er aufgefallen, so berichteten sie, weil er sich, trotz der Kälte, nicht regte, sich in seiner Bewegungslosigkeit der Landschaft anzupassen schien. Bald war er für sie, die weitergingen den Weg auf dem Vordeich entlang, Teil der Wiesen geworden, die sich bis zum Fluß hinunterzogen, ein schleppendes Graugrün, auf dem kein Baum war, kaum ein Strauch und nun er. Auch sahen ihn die Leute vom Fährschiff aus. Es war eine kleine Autofähre, die hier je nach Bedarf über den Fluß hin- und zurückpendelte, den vorbeiziehenden Lastkähnen ausweichend oder den seltenen großen Schiffen. In einem unbewachten Moment war er fortgegangen und auch nicht sogleich vermißt worden. Im Ort war er in einen Bus gestiegen, ohne zu zahlen, was aber nicht bemerkt wurde, weil hier viele Leute, die beruflich unterwegs sein müssen, Monatskarten haben. Sobald er, auf dem Wege zur Stadt, entfernt den Fluß gesehen hatte, war er ausgestiegen und zu Fuß gegangen, bis er endlich dort ankam, wo er stehenblieb. Es war ein klarer, windiger Tag, eine Atmosphäre, die selbst noch den mattesten Farben eine gewisse Härte und Lebendigkeit gab. Eine Spiegelung von Blau in der Luft und auf dem Wasser. Martin sah sich nach Eisvögeln um, die es hier gegeben hatte, als er Kind gewesen war. Dann lenkte ihn das Fährschiff ab, das wieder am hiesigen Ufer landete und einige Spaziergänger absetzte, die ihr Auto auf der anderen Seite des Flusses gelassen hatten. Aber auch sie verlor er aus den Augen, und plötzlich wurde ihm deutlich, daß der Fluß aus Tropfen und Wellen bestand. Er verfolgte die fortlaufende Schrift der Wasserzeichen des Windes und wie die Schwingen der Möwen das Gras streiften. Das Land wölbte sich unter ihm, und er stand zufrieden da, als hätte er sich durchgebracht durch allen Schein, wäre zitternd gelandet im überdeutlichen Licht. Es war unnötig, sich zu bewegen, denn alles, was er sah, hielt sich nun außerhalb der Zeit auf. Ja, selbst das Schiff mit den wenigen Leuten darauf, welches sich gegen die Strömung nah am Uferrand bis hin zur Anlegestelle schob, gehörte zum ständig Anwesenden.

Die Spaziergänger hatten ihn nicht angesprochen, aber als sie wieder auf der Fähre waren und zurückfuhren und ihn immer noch dort stehen sahen, sagten sie dem Schiffer, sie würden die Polizei benachrichtigen. Sie meinten, der da drüben, in seinem langen Mantel, warte gewiß auf etwas. Sie beschrieben ihn als großgewachsen und kräftig, vielleicht, daß sein Körper für sie so gewirkt hatte in der ausgeräumten Landschaft.

Die Polizisten, die Martin kurz darauf ansprachen, hielten ihn eher für schmächtig. Zögernd waren sie aus ihrem Auto gestiegen, mit dem sie auf dem Deich entlanggefahren waren, und auf ihn zugegangen. Er schien ihnen ein Spaziergänger zu sein, der nichts weiter wünschte, als mit sich allein zu bleiben. Erst als er auf ihren Gruß kaum antwortete und sich auch in kein Gespräch einließ, baten sie ihn mitzukommen. Was er auch tat, als hätte er ohnehin vorgehabt, zu gehen.

Seit Lorenza mit dem Zug in die Stadt gereist und nicht wiedergekommen ist, hat Augustin es aufgegeben, Interviews zu machen.

»Es ist sinnlos. Ich erfahr' jetzt nichts«, sagt er, als ich ihn frage, warum er kaum noch hinausgehe, gerade nur ein paar

Schritte mache bis zur Gärtnerei hinüber. Und er will nichts erklären, ich kann das nehmen, wie ich will.
»Auch habe ich genug Material«, setzt er dann plötzlich hinzu, für den Fall, daß ich wirklich noch eine Erklärung haben möchte. Und zu Bernward, der in die Küche hereinkommt, um Kaffee zu trinken, bevor er sich anzieht, sagt er: »Den Springer auf b 2.« Ein Hinweis, daß er den Springer auf diese Position zurücknehmen wird.
Bernward wärmt sich die Hände an der heißen Kanne und denkt nach, was das für sein Spiel bedeuten wird, welches sie in der Nacht abbrachen und nun wieder mit Augustins Satz aufnehmen. Ich frage, was wir zu essen brauchen werden, und Bernward sagt, daß er am Nachmittag mit dem Fahrrad in den Ort hineinfahren und etwas mitbringen wird. Dann fahre ich zur Anstalt, wie jeden Morgen, treffe Martin und helfe über Mittag im Haus 4, wo Frauen sind. Im Haus 4 braucht man immer jemanden zur Hilfe. Als ich Dr. Jakob sagte, ich würde gerne halbtags in der Anstalt arbeiten, wies er mich sogleich dorthin. Nachmittags darf ich dann wieder Martin sehen. Wir gehen spazieren oder sitzen im Aufenthaltsraum oder in der Kaffeestube, das sind die drei Möglichkeiten. Wenn wir ziemlich für uns sind, versuche ich, die Sprachübungen mit ihm zu wiederholen, die er mit der Logopädin macht. Einmal in der Woche kann ich ihn aus der Anstalt herausfahren, um ihn zur Logopädin zu bringen. Seitdem er am Rhein »aufgegriffen wurde«, wie der Pfleger sagte, sind alle anderen Ausfahrten untersagt worden.
Immer spätnachmittags, wenn ich ihn verlassen muß und von der Anstalt fortfahre, sehe ich, wie der Tag zu Ende geht. Es gibt eine Ansammlung von Tagesabschlüssen in meinem Kopf, zu denen mir die Tage fehlen. Sie scheinen sich aufzuheben, weil nichts geschieht als das Vorhergesagte, dessen Trostlosigkeit ausweglos wird. Denn das ist kein Ausweg, daß nun die Nächte lang sind und daß der Übergang zu ihnen jedesmal vor meinen Augen abläuft wie eine Schaustellung. Selbst wenn der Tag, ohne Aufhebens zu machen, einfach in die Dunkelheit fortsackt, wie in ein größeres Gefäß, mir bleibt doch der Schrecken, daß er nun fort ist, einer von denen, die Martin und mir gehörten und die wir kaum nutzen konnten.
Nah das Steuerrad vor mir, auf dem Weg nach Hause,

registriere ich das Wiederkehrende. Das Licht wendet sich wie ein Blatt, das an der Unterseite dunkel ist. Manchmal vertrocknet der Tag auch vor Kälte und schwindet hin, wie etwas, was von Anfang an nur auf sein endgültiges, schwächliches Zerfallen hinlebte.

So ein Tag war heute, an dessen Ende, als ich heimkam, mir Augustin sagte: »Bernward und ich haben beschlossen, morgen in die Stadt zu fahren.«

»Habt ihr Nachricht von Lorenza?«

»Nein, eben nicht.«

»Aber wie wollt ihr sie dann treffen?«

»Ich werd' sie schon finden«, sagte Augustin, »ich denke, ich sollte sie jetzt suchen.«

»Wenn du meinst.«

»Er hält es nicht mehr aus«, sagte Bernward später zu mir, als Augustin hinausgegangen war, um das gelbe Auto zu inspizieren.

»Dabei schien es euch beiden doch ganz normal gewesen zu sein, ihr regtet euch nicht auf und protestiertet nicht, als Lorenza fortfuhr. Augustin hatte mit keinem Wort versucht, sie zurückzuhalten. Oder tat er es doch?«

»Nein, weil sie tun kann, was sie will.«

»Und jetzt?«

»Jetzt suchen wir sie eben.«

»Vielleicht ist sie nicht mehr in der Stadt.«

»Wir werden sehen.«

»Vielleicht will sie euch auch gar nicht treffen«, sagte ich. Zuletzt war etwas Mühsames und Gezwungenes zwischen ihnen dreien gewesen. Als wollte sie lieber nicht reden, fand gerade jetzt auch kein selbstverständliches Schweigen mehr.

»Und wenn ihr sie gefunden habt?«

»Dann fragen wir sie, ob sie mitfahren will. Sie weiß ja, daß wir um diese Zeit hier aufbrechen wollten.«

»Und wenn sie nicht will?«

»Ich weiß nicht, was Augustin meint.« Er hielt sich wie immer zurück.

»Du bist der Beobachter«, sagte ich.

»Nein, du weißt es besser«, erwiderte er und begann, in der Küche ihre Sachen zusammenzusuchen, ihre Holzbretter und Messer, Blechbüchsen für Brot, Becher und Handtücher.

»Du bist der Liebhaber, du liebst sie alle.«

»Na, wenn schon«, er winkte ab.
Obschon er jünger ist, dachte ich, in der Möwe wäre er der Doktor, der mit allen befreundet ist.
»Ich bin allen Liebhabern dankbar«, hatte Lorenza zu mir gesagt, als wir von der Stadt aus zu zweit nachts hierher zurückgefahren waren. »An jeden von ihnen zu denken, freut mich.«
»Auch mir hat Lorenza gefehlt, jetzt die ganze Zeit«, sagte ich, und er nickte, als wäre das selbstverständlich.
Gegen acht Uhr morgens, als ich aufstand, waren sie schon am Wagen. Sie kamen noch mal ins Haus, aber Augustin drängte, der Abschied war längst genommen.
»Tut mir leid, daß wir dich hier alleinlassen«, sagte Bernward.
»Macht nichts. Vielleicht kommt Martin ja doch bald zurück«, antwortete ich, »irgendwann werden sie ja einsehen ...« Dieser Zeitbegriff dehnte sich so, daß ich schnell abbrach, nicht weiterreden mochte. Mir war Augustins Ungeduld vertraut, wahrscheinlich verstand ich zum ersten Mal seine Reaktion. Aber vielleicht war auch das ein Mißverständnis.
Ich stand draußen, als sie fortfuhren, und sah ihnen nach. Sie hatten die Fensterscheiben heruntergekurbelt und winkten. Als sie die Allee verließen und in die Chaussee einbogen, sahen sie noch immer zum Haus. Ich bin so oft diese Strecke gefahren und habe das Haus wahrgenommen vom Schnittpunkt dieser beiden Straßen aus, daß ich sagen kann, ich weiß, was sie sahen an diesem Dezembermorgen. Das Haus, preisgegeben und aufgelassen, entleert von jedem Leben, so kalt wie wahnsinnig, so verlassen wie aussätzig. Krank wie ich, da ich Teil von dir bin, schon erfaßt von Krankheit, überzogen von ihr. Es liegt eingelassen in den sie umgebenden ausgeleierten Wegen und randzerrissenen Beeten und Rasenstücken. Nur das dunkle Grün einiger Koniferen gibt etwas Farbe ins Bild, das nun, indem der Wagen, die Chaussee entlangfahrend, sich entfernt, verrutscht wie ein mißlungenes Abziehbild.

11

Zu Beginn des neuen Jahres kam der Lehrer, wie früher, häufiger. Er setzte sich zu mir in die Küche, wo ich vergeblich gerade etwas zum Essen gesucht hatte.
»Kalt haben Sie es hier«, sagte er, als sei das ein Symptom für unsere miserablen Verhältnisse, in die wir gekommen wären, wie er meinte, nicht ohne Anteilnahme in der Stimme. Aber ich war wütend und erwiderte, kalt sei es nur, weil ich nicht heizen würde, und wozu auch, da ich den Tag über nie hierbliebe.
»Ich habe über Ihre Situation nachgedacht«, sagte er, »und über Martin und warum es gerade ihn treffen mußte.«
Ich ahnte, was jetzt auf mich zukam, auch die Bäuerin hatte Weihnachten ähnliches geredet, als sie mir wieder eine Ente gebracht hatte. Sie alle versuchten, eine Verbindung herzustellen zwischen dem Unfall und Martins Person.
So wehrt man den Schrecken ab, es hätte einen selber treffen können, indem man das Furchterregende zum zwingenden Schicksal der Betroffenen macht.
»Nicht immer funktioniert die Krankheit als Metapher«, sagte ich, »diese Krankheit hat keinen Sinn, ist kein Gleichnis, was immer man auch redet. Es ist eine Krankheit wie andere auch, und wir müssen sehen, wie wir damit leben können.«
»Aber es gibt doch in verschiedenen Familien bestimmte Neigungen, angeborene Schwächen ...« Er schwieg, wußte nicht, wie er weiterreden sollte, begann dann, von mir nicht ermuntert, wieder: »Zum Beispiel weiß man doch, daß es hier in der Familie einen Vetter von Martins Vater gab. Könnte es nicht sein, daß gewisse erbliche Belastungen ...?«
»Guter Gott, nein, der Onkel desertierte und wurde erschossen.«
»Man sagt, er sei merkwürdig gewesen.«
»Wirklich? Weil er einem halbstarken Jungen gegenüber sich nicht zu rechtfertigen wußte, warum er desertiert war?«

Der Lehrer sah mich fragend an, wohl auch etwas gekränkt durch meine Heftigkeit.
»Welch abnorme Familie!« fuhr ich fort, »wie ist Ihre denn?«
»Ich will mich mit Ihnen nicht streiten«, erklärte er und stand auf, um zu der Bücherkiste zu gehen, »nur um mal nachzusehen, was da so war«, wie er sagte. »Vielleicht wird es ja noch besser mit ihm«, meinte er, etwas ungeschickt nun, da er es etwas zu spät sagte, wie er meinte, und sich überlegte, daß er das Gespräch damit hätte eröffnen sollen. Jemanden lieben, so wie er ist, dachte ich. Doch hatte ich keine Lust, mit dem Lehrer darüber zu sprechen. Es würden Dialoge wie mit meinen Eltern werden.
Er ging durchs Haus, um sich Bücher auszusuchen, und ich setzte mich hin, um dem Anwalt zu antworten. Er hatte mir geschrieben, er könne eine Amtsvormundschaft für Martin beantragen.
Später kam der Lehrer wieder zurück und blieb in der Tür stehen. Diesmal hatte er viele Bücher im Arm aufeinandergestapelt.
»Soll ich sie Ihnen vorlegen?«
»Nein, warum mir? Martin hat Ihnen doch gesagt, Sie können sich gerne nehmen, was Sie brauchen.« Er erinnerte sich daran, grüßte und ging mit den Büchern fort.
Es waren diesmal mehr als drei, und so wußte ich, daß er nicht wiederkommen würde.

Nicht mal, wenn ich die von dir angestrichenen Stellen im Lord Chandos-Brief lese, sehe ich eine Verbindung zwischen den Folgen deines Unfalls und deinem Leben zuvor.
Freilich, der Lehrer könnte solche konstruieren aus Sätzen wie jenen: »Es ist mir völlig die Fähigkeit abhanden gekommen, über irgend etwas zusammenhängend zu denken oder zu sprechen.« Nur kann dies kein Hinweis sein. Doch wie überzeug' ich den Lehrer.
Etwas anderes könnte wahr sein, daß dich das Übergreifende faszinierte, so wie Hofmannsthal es schilderte: »Mir erschien damals in einer Art andauernden Trunkenheit das ganze Dasein als eine große Einheit: geistige und körperliche Welt schien mir keinen Gegensatz zu bilden.«
Oder beschäftigte dich dieser Satz nur, weil er mit so

rhetorischer Gebärde vorgetragen war, so pauschal das Entzücken pries, das wir gerne teilen wollten, wenn es den Zweifel ertrüge.
»Es zerfiel mir alles in Teile, die Teile wieder in Teile, und nichts mehr ließ sich mit einem Begriff umspannen.« Jetzt müßte ich mit dir darüber sprechen und darüber, zu welcher Zeit wir uns mit dem Briefschreiber treffen werden. An jenem Ort, wo die alltäglichen Begebenheiten plötzlich aus aller Gewohnheit herausgehoben und von ihm vorgeführt werden wie ein Schauspiel und so, intensiv betrachtet, eine ergreifende, brüderlich verbindende Bedeutung gewinnen.
Warum sonst las Martin mir früher gerade diese Sätze vor, die ich nun leicht wiederfinde, da sie nicht nur seitlich angestrichen, sondern auch noch Zeile für Zeile unterstrichen wurden: »Es ist mir dann, als bestände mein Körper aus Chiffren, die mir alles aufschließen. Oder als könnten wir in ein neues, ahnungsvolles Verhältnis zum ganzen Dasein treten, wenn wir anfingen, mit dem Herzen zu denken.«

Josef kam, um zu regeln, was nun seiner Meinung nach geregelt werden müsse, wie er mir telefonisch schon mitgeteilt hatte, höflich, aber unmißverständlich.
Er kam morgens mit seinem Sohn und dem möglichen Mieter des Hauses, den er schon im Hotel getroffen hatte, so daß die beiden Wagen fast gleichzeitig hier ankamen. Er hatte mir zuvor gesagt, daß er diesmal nicht im Haus übernachten wolle, wegen des Jungen, wie er meinte, und den brächte er mit, weil er Ferien hätte.
Ich sah ihn und den Mieter, wie sie im Garten herumgingen, und Josef wies mit ungeduldigen Bewegungen mehrmals in Richtung des Hauses, gab Erklärungen, in der Annahme, es würden welche erwartet. Doch tatsächlich brauchte er nicht viel zu erklären, schon gar nicht diesem Mann, der Architekt war und sich ein ländliches Domizil suchte. Für ihn war der Zustand des Gebäudes eindeutig und bezeugte die wenig vom Glück begünstigte Geschichte seiner letzten Bewohner.
Josef trat wie ein Makler auf, sobald er die Tür öffnete und sagte, er würde vorangehen, und tat es eilfertig. Er sah sich um, voller Unbehagen, noch Spuren nicht gänzlich getilgten Lebens vorzufinden. Ich begriff das, denn schließlich ist es

immer angenehmer, in eine völlig geräumte Wohnung zu kommen, als in eine, wo noch die Kleidungsstücke derjenigen, die das Haus verlassen werden, über den Stühlen liegen. Aber ich konnte es nicht ändern. Ich hatte sogar etwas aufgeräumt, wenn auch nicht der Ordnung wegen, sondern um Distanz zu den Besuchern herzustellen. »Das Haus wird seit Monaten kaum noch bewohnt«, sagte Josef, »darum ist es so ausgekältet. Wir wollen ja auch nur schnell hier durchgehen, damit Sie einen Überblick bekommen können.«

Ich sah zum Fenster hinaus. Draußen saß der Junge auf der Schaukel. Augustin und Bernward hatten sie wieder angebracht, indem sie hoch in die nah beieinanderstehenden Bäume geklettert waren und die Seile jeweils an der zum anderen Baum zugewendeten Seite des Stammes an eingeschraubten Ringen befestigt hatten.

Nun begann der Junge zu schaukeln, erst langsam, ungewohnt der Bewegung der langen Seile, dann schneller. Er trieb mit seinem heftig nach vorn und darauf zurück sich werfenden Körper die Schaukel immer höher, berührte schon lange nicht mehr den Boden mit den Füßen. Endlich legte er den Kopf weit in den Nacken und sah ausschwingend unverwandt in den Himmel, auf dem Äste schwammen, auseinanderstrebend und sich verschränkend, ohne Beziehung zur Erde.

Josef sagte fast tonlos zu mir: »Sie hätten vielleicht alles ein bißchen freundlicher und ordentlicher machen können.«

Ich antwortete nichts darauf. Als ob mit ein paar Handgriffen herzustellen wäre, was lange schon in Unordnung geraten war. Und im Grunde war es das, was Josef störte, die Vernichtung der geraden Linien im Haus durchs Altern. Das hieß auch: die Risse in den Wänden, die größer werdenden Fugen zwischen den Dielenbrettern, die verzogenen Fenster und die so oft überstrichenen Fensterbänke, die so eigenwillige unregelmäßige Formen angenommen hatten. Zudem war alles, was Martin und ich zusammen hier neu hergerichtet hatten, schon wieder in diesen unaufhörlichen Verfall mit einbezogen worden.

»Um diese Jahreszeit ist es überall auf dem Land trostlos«, sagte Josef. Doch, was ihn abstieß, schien den Mieter anzuziehen. Sein Hin- und Herlaufen im Haus sprach dafür, dagegen sprach, daß er sich plötzlich bückte und die Matratze in

unserem Schlafzimmer hochhob, um zu untersuchen, wie das Unterbett war.
Obwohl ich schon lange in Martins Arbeitszimmer schlief und das Schlafzimmer verlassen war, empörte mich diese Geste. Ich fand sie unangemessen einem Objekt wie diesem Haus gegenüber und höchst lächerlich. Dann gab ich meine Empörung auf, sollte er doch ansehen, was er wollte, und ging hinaus, damit die Männer allein sein konnten.

»Nimmst du die Katze wieder?« fragt Ida.
»Ja, freilich, wenn du sie nicht mehr magst.«
»Doch, ich mag sie ja.«
»Dann behalt du sie.«
»Ich hab' dich doch gefragt.«
»Ich habe gesagt, ich nehm' sie.«
Ida sitzt im Vorraum des Treibhauses, an dem Holztisch, den vor Jahren jemand aus Dielen-Brettern zusammengebaut hat. Sie sitzt oft hier und ritzt Zeichen und Figuren in das weiche Holz, dafür benutzt sie eins der Messer oder eine der Scheren, die auf dem Brett oberhalb des Tisches abgelegt werden.
»Ist was mit der Katze?« frage ich.
»Nein, sie ist in Ordnung.«
»Warum dann also?«
»Ich komme weg.«
»Du kommst weg?«
»Ja. Und da kann ich sie nicht mitnehmen.«
»Wohin?« frag' ich und beginne nun, auch einen Buchstaben in das Holz zu ritzen, und denke, es ist absurd, ich kann sie mir nirgendwo anders vorstellen als hier.
»Ich komme in eine andere Schule.«
»Also doch nicht weg?«
»Es ist zu weit. Ich soll in Xanten wohnen.«
Ich erinnere mich, daß die ältere Schwester von Karl Anton in Xanten lebt, trotzdem will ich es nicht verstehen.
»Sie faßt mich immer an«, sagt Ida und sieht entsetzt hoch, »sie streichelt mich, wenn sie mag.« Sie fährt mit den Fingerspitzen über den Tisch, über das Holz, das sich nicht wehren kann.
»Ich werd' mit Karl Anton sprechen.«
»Es hat keinen Sinn.«

»Aber doch«, wiederhole ich hilflos, »aber doch«, und versuche, eine Angst zu unterdrücken, die nicht nur mit Ida zu tun hat und damit, daß ich erst jetzt begreife, wie ihre Abwesenheit alles verändern wird, als fehlten Bewegung, ein Rufen, Gegenrufen, minimaler, doch ständiger Aufruhr. Ihr Gehorsam erschreckt mich, wie jener der Kranken in der Anstalt, ihr Einlenkenmüssen. Warum nur nahm sie es hin, eingefangen und gebändigt allein dadurch, daß sie fortgehen mußte, fortgegeben wurde. Wüßte ich nichts von ihr, würde ich sie nun für ein eingeschüchtertes, gehemmtes Mädchen halten, das gewohnt ist, abzuwarten, um zu tun, was man von ihm verlangt, und dessen einzige Gegenwehr sich später nur noch in einer lustlosen, gelegentlich mauligen, patzigen Haltung ausdrücken wird.

»Vielleicht ist es besser, ich nehme die Katze nicht«, sage ich, »denn lange bleibe auch ich nicht mehr.«

»Aber du sagtest doch?«

»Ja, schon. Doch Josef wird das Haus vermieten.«

»Jetzt gleich?«

»Möglich.« Es ist nicht nur das, denke ich, es ist etwas anderes.

Sie sieht mich an wie jemanden, auf den kein Verlaß ist.

»Dann nimmst du die Katze also nicht?«

»Wir werden Giovanni fragen«, sag' ich und weiß, sie hat recht, mich zu den Erwachsenen zu zählen, die von den ruhigen, einfachen Dingen, den notwendigen, nicht so viel verstehen, daß sie ihre Handlungsweisen danach richten. Und nichts anderes zählt.

Ich frag' mich, was sie tun wird, wenn sie nicht mehr hier sein kann, und was ich tun werde. Sie wirft plötzlich das Messer mit der Spitze nach unten heftig auf den Boden, so daß die Klinge im festgetretenen Boden steckenbleibt.

»Wenn Martin hier wäre, würde er sie nehmen.«

»Dann täte ich es auch«, erwidere ich, »die Katze hat Pech, daß wir alle drei was anderes tun müssen.«

»Willst du bleiben?«

»Ja, ich möchte schon, aber nun ist es vorbei.« Im selben Augenblick gesteh' ich mir ein, etwas hat es hier gegeben, das nun verlorenging, ohne daß ich es erfaßt hätte. Martin weiß noch davon und – ich bin sicher – auch Ida. Doch sie blickt mich jetzt betont gleichgültig an, übt die Verschleierungstak-

tiken, das Verbergen hinter Verborgenem. Auch das gehört noch zur Kindheit, fast noch.
»Ich habe Angst um Martin«, sage ich. Aber da läuft sie erschreckt fort, als wäre ich zu laut gewesen.

Josef spricht, als läge der Unfall Jahre zurück: »Definitiv können wir davon ausgehen, daß sich jetzt im Krankheitsbild nichts mehr entscheidend verbessern wird.«
»Bei solch abstrakter Sprache fließt kein Blut, wenn man jemanden umbringt«, sage ich, aber er geht grundsätzlich nicht auf solche Sätze ein.
Wir sitzen uns gegenüber an Martins Arbeitstisch, Josef auf Martins Platz. »Ich werde einige Tage hier sein und Ordnung machen.«
»Was geschieht mit Martins Sachen?«
»Natürlich werden hier zwei Zimmer für ihn bleiben. Seine Kleidung wird er brauchen, die Bücher werden wir in Kisten packen.«
»Schon gut«, sag' ich, »aber wenn er nun zurückkommen will?«
»Sie wissen, daß dies in absehbarer Zeit nicht möglich sein wird. Wir müssen vernünftig reden, oder wir lassen es.«
Nein, Kreon, denke ich, kein Streitgespräch über Vernunft und Gefühl, ich bin nicht Antigone. Ich weiß alles, was Kreon antworten wird, vom Standpunkt des Nützlichen, des für die Gemeinschaft Gewinnbringenden aus. Solche Entscheidungen sind nur vordergründig gebunden an die Person, die davon betroffen wird. Ich aber will von der Person ausgehen und davon, was ihre Anerkennung für alle zu bewirken imstande sein könnte.
Ich verlange nicht Güte und Mitleid für Martin, wie Josef mir unterstellt, sondern ich will, daß er bei uns bleibt.
»Ich kann die Verantwortung nicht übernehmen, auch nicht indirekt, indem ich sie Ihnen überlasse und erlaube, daß er außerhalb der sorgfältigen ärztlichen Überwachung ungeschützt lebt.«
»Dann werde ich zu ihm ziehen«, sage ich, »solange er dort bleibt, werde auch ich bleiben. Wenn es keine andere Möglichkeit geben sollte, diese gibt es immer noch.«
»Man wird Sie nicht aufnehmen.«
»Doch, gewiß. Wenn Sie öfters hingegangen wären, wüßten

Sie, daß dort immer Hilfskräfte gebraucht werden. Morgen werde ich hier ausziehen.«
»Das hat bis Ende des Monats Zeit.« Josef beobachtet mich, als taxiere er, was für Schwierigkeiten ich machen könnte, sagt dann bedächtig, damit etwas Ruhe in unsere Unterhaltung hineinkommt: »Ich war heute mittag bei ihm. Ich habe ihn im reinlichen, gepflegten Zustand gefunden, wenn auch mit einem sonderbaren starken, fremdartigen Ausdruck im Gesicht. Dabei ging er auf nichts ein, was ich sagte.«
Wie auch immer er ist, denk ich, das berührt das Glück, nicht die Liebe. Auch früher hatte es dies ja zwischen uns gegeben, daß selbst die Anwesenheit noch die Sehnsucht nicht milderte, das heftige Verlangen, sich einander zu vergewissern, bestehen blieb, dieser Hunger nach einander, der immer wieder beruhigt werden mußte.
»Doch scheint er sich eingelebt zu haben«, sagt Josef.
»Meinen Sie?« Ich zögere. Die Gefahr für Martin wächst, je länger er dort ist, desto angepaßter erscheint er in seiner Umgebung, auch mir ist das schon aufgefallen. Eine Verstellung, die zur Gewohnheit wird, eine Schutzhaltung, um sich zu behaupten. Morgen werde ich zu ihm gehen. Ich werde in Haus 4 einziehen, und er wird da sein, wenn ich ankomme. »Wo er ist, ist es bewohnbar.« »Vielleicht sollten Sie sich den Schritt überlegen«, sagt Josef, »Sie sind dann noch stärker von der Umwelt getrennt. Und eins ist gewiß: Wen immer Sie auch liebten, er ist es nicht mehr. Wir waren zusammen Kinder, als ich bei ihm war, dachte ich plötzlich an Geschichten von früher. Es gab da ein Lied, ich war versucht, es ihm vorzupfeifen, nur damit er reagierte, aber dann ...« Seine Stimme klingt plötzlich verwirrt, als er fortfährt: »Ich sah doch, was los war.«
Ich wundere mich, daß es mich nicht empört, daß er eine solche Schlußfolgerung so eilfertig zieht, so ängstlich bedachtsam, als fürchtete er sich vor vielem, dessen Namen er vergessen hat. Wenn es dunkel ist, fällt sein Schatten über ihn her, denk' ich.
»Was immer mit Martin geschieht, er ist es«, ich wiederhole: »Er ist es!« und singe es fast.
»Nun, wie Sie wollen. Aber rechnen Sie sich das nicht als Verdienst an. Auch wir tun unser Bestes. Wenn es nach mir

gegangen wäre, hätte ich nie wieder einen Fuß in dieses Haus gesetzt. Wir alle machen das Nötige.«

Damit bin ich einverstanden, das ist mir verständlich. Ich erinnere mich an den Mann, der im Krankenhaus mit seiner Frau Tag um Tag auf dem Flur hin- und herging, an die Bäuerin nebenan und die Besucher im Aufenthaltsraum, als Gundy starb. An das überall stattfindende Zueinanderhalten, wovon wenig genug Aufhebens gemacht wird.

»Ich verstehe, Sie wollen sich aussetzen«, sagt Josef nach längerem Nachdenken, »aussetzen dieser Geschichte, bis zum Äußersten gehen.« Er blickt mich so angestrengt an, als müsse er mit seinen Gedanken nun endlich zu Ende kommen. Was ist das Nötige? Ich denke wieder an einen Plan, den ich in letzter Zeit häufiger prüfte, zuletzt, als ich mit Ida sprach. Wir werden dankend die Tür des Aufenthaltsraumes öffnen und sie alle verlassen, jene, die zugewendet sind dem Programm, und jene, die mit einem Spiel beginnen, in der Enge zwischen den Herumstehenden. Wir werden fortfahren miteinander, du und ich, aus der Anstalt heraus, durch den Ort und über den Fluß. Auf der Autobahn erst westlich, bis wir über die erste Grenze sind, dann halten wir uns südlicher. Wir werden über Straßen fahren, auf denen selten ein Auto fährt, und mitten hinein in die Städte, wo wir uns einfädeln müssen in die Autokolonnen, die in Viererreihen an den hinter Glas aufgeschütteten Warenlagern vorbeidefilieren. Und wir werden die Fenster herunterkurbeln und mit Entzücken alles wahrnehmen, was wir anschauen.

»Sie hören mir ja gar nicht mehr zu!« ruft Josef, und sein Gesicht rötet sich vor Ärger oder Empfindsamkeit. Plötzlich kann ich ihn mir vorstellen, wie er damals ins Zimmer seiner Mutter flüchtete. Die Beziehung zu ihr war seine einzig innige gewesen, hier in diesem Haus, das sie nie geliebt hatte.

»Ja, ich fragte Sie, ob es das ist, dies bis zum äußersten Sich-Aussetzen-Wollen? Was doch auch ein Wahn ist. Eine Fiktion, eine Liebe, die nicht aufhören will.« Seine Stimme wird heiser, er springt auf und geht im Zimmer auf und ab. »Sie wissen nicht, wie ich diese Ich-Übersteigerungen immer gehaßt habe, von Kindheit an. Wie dieses Haus hier, dies verdammt immer zu große!«

»Schlechter kann es dir nirgendwo gehen. Hörst du, verrat es nicht. Wenn du willst, werden wir morgen früh fortfahren. Etwas Besseres als den Tod finden wir überall, erinnerst du dich an die Bremer Stadtmusikanten? Ich weiß nicht mehr, welches Tier das sagte, ich werde Verena fragen müsssen, wir erzählten uns früher oft Märchen. Sag, ob du willst.«
Er preßt sein Gesicht an meines, dann löst er sich von mir, holt eine Zigarette aus seiner Jackentasche, steckt sie an und gibt sie mir.
Ich weiß nicht, ob er mich verstanden hat, und ich kann all das, was ich ihm sagen will, nicht mehr wiederholen, da der Pfleger kommt.
»Er hat zu viel Besuch, das ist nicht in Ordnung«, sagt er, und Martin läßt sich von ihm fortführen, widerstandslos.

Es ist wieder Spätnachmittag, als ich zum Haus fahre, und es gibt heute einen von den einschleichenden Übergängen zum Abend hin. So als ob der Beleuchter den Transformator nur zögernd herunterzieht und das Licht sich erst einmal unmerklich abschwächt. Später, wenn alles dunkel ist, wird man nicht mehr sagen können, wann es angefangen hat. An der Gärtnerei fahre ich sehr langsam vorbei und sehe, daß Josef mit einem Fremden vorne im Treibhaus steht. Ich habe den Eindruck, es könnte der neue Pächter sein, weil Karl Anton und die beiden Jungen in einer solch ernsthaften Haltung bei ihnen stehen, wie sie zu geschäftlichen Verhandlungen gehört.
Als ich in den Weg zum Haus einbiege, sehe ich den Wagen des Architekten, von dem Josef hofft, daß er das Haus mieten wird. Ich halte hinter ihm, und da ich noch ohne Licht gefahren war, hat er mich nicht bemerkt.
Er sitzt ganz ruhig im Auto, hat den Motor abgestellt und betrachtet das Haus. Wahrscheinlich versucht er schon, es zu besitzen, schätzt das Risiko ab, sich zu binden, sich einzulassen in etwas, das er am Anfang nicht unterschätzen will, weil es so verkommen, sich gleichzeitig auch hilflos darbietet. Er sieht es an wie einen Gegner, mit dem er in einen Zweikampf einsteigt und von dem er hofft, er sei so stark, daß es ein Gewinn ist, ihn zu unterwerfen.
Alles Einbildung. Er wird auf Josef warten und sich überlegen, daß sich Investitionen hier nur lohnen, wenn er einen langfristigen Vertrag aushandeln kann.

»Ich werde es ihm geben, weil er fremd ist, ohne eine Ahnung von alldem hier, so ungebunden. Wenn einer eine Chance hat, dann er«, hatte Josef mir gesagt.
Ich habe mein Auto hinter seinem stehengelassen, kann es später in die Garage fahren, zu der er mir beinahe den Weg versperrt. Ich gehe bei ihm vorbei und grüße ihn. Wären Lorenza und die beiden da, hätten wir ihn jetzt hineingerufen, damit er uns erzählt, was er mit dem Haus vorhat. Er ist aufmerksam, schmal, kurzhaarig, stachelhaarig, gewiß erfolgreich, dazu Romantiker, sucht sich eine Ausweichmöglichkeit auf dem Lande. Im Sommer segelt er im Ionischen Meer, läuft Küsten an, die fast unbewohnt sind. Es gibt Berührungspunkte zwischen seinen Vorstellungen vom Leben und denen unserer Gäste, so verschieden auch die Vorzeichen sind. Er hat die Hand erhoben und zurückgegrüßt, jetzt bewegt er den Mund, aber ich kann nicht hören, was er sagt, sehe nur sein Gesicht, wende mich dann fort und gehe ins Haus. Allein mag ich nicht viel reden, will ihn nichts fragen.
Ich mache die Tür zu und hoffe, Josef kommt tatsächlich erst morgen wieder, wie er gesagt hat. Dann werde ich schon fort sein, und er wird den Schlüssel unter der Treppe finden, wie früher auch.
Sie haben mir eine Karte geschickt, eine Madonna mit einem Hufeisen. Augustin hat darauf geschrieben: »Ich habe sie gefunden.« Nichts weiter, und Bernward hat ein schönes B darauf gemalt, und Lorenza hat unten an den Rand der Karte einen kleinen Vogel gezeichnet. Ich hole sie vom Fenster, wo ich sie zwischen Rahmen und Glas geschoben hatte, und leg' sie zuunterst in den Koffer, den ich nun mit Martins und meinen Sachen packe. Ich nehme nur das Nötigste mit, was wir an Kleidung brauchen werden, dazu ein paar alte Fotos, die ich zwischen den Büchern in einem Umschlag gefunden habe. Auch einige Fotos von denen, die Lorenza im Haus machte. Ich stecke seinen Paß zu meinem und auch den Kalender, der immer am Telefon lag.
Bis zum 10. August vorigen Jahres steht fast bei jedem Tag eine kurze Notiz, Bemerkungen über eine Verabredung, Hinweise auf Gespräche, welche die Gärtnerei betrafen. Mir fällt beim Durchblättern auf, daß er nur ein einziges Mal in dem Jahr noch mit mir in die Stadt gefahren war. Ich erinnere

mich, daß ich ihn bat, in eine Vorstellung zu kommen. Auch sonst keine Reisen, nur die eine gemeinsame von uns beiden, fast vor einem Jahr, als wir ans Meer fuhren.
Ab dem 10. August sind die Seiten dann fast immer leer, nur einige wenige Verabredungen hatte er im voraus notiert.
Ich bin fast fertig und sehe mich in den Zimmern um. Josef wird die kräftige Frau aus der Nachbarschaft rufen müssen, falls es sie noch gibt, um alles zu beseitigen, was noch herumsteht.
Die Räume des Hauses waren immer schöner gewesen als das, was in ihnen stand.
In der Küche nehme ich nur zwei Messer, zwei Teller, zwei Becher mit. Dann mache ich eine Dose auf und koche Suppe. Während ich sie löffele, versuche ich mir vorzustellen, wie die Familie des Architekten hier leben wird. Ich möchte, daß in dieser Küche wieder richtig gekocht wird, rustikale Mahlzeiten.
Am Ende habe ich nur noch den Packen mit Martins Aufzeichnungen vor mir liegen, zögere, was damit geschehen soll. Ich könnte sie zusammen mit meinen Aufzeichnungen Verena schicken, damit sie uns nicht abhanden kommen. Dort könnten wir sie wiederholen, eines Tages, wenn Martin es möchte. Ich schreibe ihr einen Brief, den ich dazulegen werde: Verena, morgen früh fahren wir. Sei unbesorgt, wir sind zu zweit.
Dann blättere ich noch mal seine Aufzeichnungen durch, lese die letzten Seiten. Da er meistens kein Datum schrieb, weiß ich nicht, von wann sie sind. Auch aus dem Inhalt geht es nicht immer hervor, da er oft nachträglich etwas notierte, doch muß er sie irgendwann im letzten Frühsommer geschrieben haben.

Heute habe ich den ganzen Tag draußen mit Karl Anton und Giovanni gearbeitet, während die beiden Jungen mit dem Eintopfen beschäftigt waren. Gegen Nachmittag kam Schröder, der Architekt, mit dem ich über den Umbau des Hauses sprach. Alles wird langsam vorangehen, aber stetig, ich bin sicher. Abends entwarf ich den Plan für den Garten, einen neuen Plan mal wieder. Dachte darüber nach, ihn vielleicht nur mit einheimischen Pflanzen zu besetzen, kam dann aber wieder davon ab. Auch

die Idee, die Wege so anzuordnen, daß sie strahlenförmig auf die Ecken des Hauses zulaufen, nach klassizistischer Manier, gefiel mir nicht mehr, obwohl sie ursprünglich wahrscheinlich so angelegt waren.
Ich wünsche, er soll natürlicher sein, nicht so bewußt geordnet. Doch fühl' ich mich ziemlich inkonsequent dabei, da ich auch das Lockere, natürlich Erscheinende bewußt ordnen muß. Dabei verabscheue ich es immer mehr, auf Effekte hinzuarbeiten. So versuche ich, den Garten aus dem zu entwickeln, was vorhanden ist, wie ihn zusammen mit der Landschaft zu sehen, in die er gehört, oder im Gegensatz zu ihr? Sie ist beunruhigend gespannt, der Garten könnte Schutz geben, Windstille, eine Möglichkeit zur Konzentration. Also doch wieder Bewußtsein im Gegensatz zur Natur, doch ohne sie in starre Formen zwingen zu wollen. Ich zeichnete in den Plan Gartentische ein, Sitzbänke, Stellvertreter für uns, Platzhalter. Ich fragte mich, welche Anordnungen von Bäumen mich am meisten befriedigten. Wenn ich über Land fuhr, achtete ich darauf. Ich entdeckte auf diese Art, daß es ganz gewöhnliche Dinge waren, die mir plötzlich einen nachhaltigen Eindruck machten, nur weil sie verbunden waren mit Spuren von Erinnertem oder Verlangtem und so eine ergreifende Deutlichkeit bekamen.
Eine geschlossene Eisenbahnschranke, mitten auf dem flachen Land, wo Gleise ein Feld zerschnitten und sich mit einer schmalen Straße kreuzten.
Neben der Schranke wuchsen rechts und links zwei Weißdornbüsche, niedrig gehalten. Die Schranke selber war rot weiß gestreift. Das Licht über allem von einem herben Gelb und mageren Blau, so dunstig wie in einer großen, noch leeren Scheune, wenn das erste Heu eingefahren worden war.
Es konnte nicht sein, daß mich ein solches Bild plötzlich betroffen gemacht hatte, nur weil wir als Kinder uns an Bahnschranken aufstellten und warteten, bis ein Zug kam, und winkten.
Oder doch. Nur damals sah ich nicht Bilder von der Landschaft. Ich war mitten drin.
Ich bin zurückgekehrt, um irgend etwas davon wiederzufinden, wieder aufleben zu lassen, um es Anne zu zeigen.

Die Leidenschaft bindet die Seele fühlbar an den Körper. Hätte ich je zuvor daran gezweifelt, eine zu besitzen, jetzt bewiese sie es mir.

Ich ging in den Garten hinaus, der noch in fast vollkommener Unordnung war. Ich wanderte auf dem Weg hin und her, wartete auf Anne.

Schließlich bog ich in die Allee ein und lief bis zur Chaussee, immer Ausschau haltend, ob ihr Auto käme.

Vor mir sah ich die Scheinwerfer der Autos, die immer wieder vorbeifuhren, sich entfernten.

Als ich mich umwandte, war das Licht des Treibhauses beständig und ruhig mitten im Unkenntlichen, ein Signal, das sie schon von weitem sehen würde.

Ich blieb stehen, geduldig wie ein Baum in der Landschaft, wartete ab, daß sie kam, fuhr in Gedanken die Strecke mit ihr ab, näherte mich so selber dem Punkt, wo ich stand, der Gärtnerei und dem Haus. Ich hatte überall Licht angemacht und die Fenster geöffnet. Wahrscheinlich würde nachher alles voller Schnaken und Nachtfalter sein. Ein Haus für das Getier, dachte ich. Wie gern ich jetzt hier war. Zu zweit würde es uns gelingen, das Schon-Aufgegebene wieder zu befestigen. Menschen zu finden, einen Umkreis, der standhalten konnte ...

Sie muß direkt zur Anstalt gefahren sein, denn der Pförtner sagte, es sei kurz nach acht Uhr gewesen, allerhöchstens halb neun, und er könne dies so bestimmt sagen, da seit acht Uhr ihr Freund, der kranke Herr Vendenbosch, an der Pforte auf sie gewartet habe. Obwohl der Pförtner ihm zweimal anbot, doch zu ihm hereinzukommen oder wieder zurückzugehen und im Haus zu warten, blieb er draußen stehen, stapfte nur gelegentlich auf und ab und schlug die Arme mit schnellen Bewegungen um den Körper.

»Sehen Sie, Ihnen ist doch kalt«, hatte der Pförtner gerufen, aber der Mann hatte gelächelt und mit dem Kopf mehrmals ausdrücklich verneint. Kurz darauf sei auch die Freundin von Herrn Vendenbosch gekommen, sie sei gar nicht erst mit dem Auto auf das Anstaltsgebiet gefahren, sondern habe knapp vor der Einfahrt gehalten. Der Kranke sei sofort zu ihr gegangen und eingestiegen, und beide seien dann in Richtung des Ortes fortgefahren.

Nadine Gordimer

Nadine Gordimer ist mit sieben Romanen und mehreren Novellenbänden – auch ein Buch über schwarzafrikanische Literatur – die international bekannteste Schriftstellerin Südafrikas. Als Tochter jüdischer Eltern – der Vater aus Litauen, die Mutter aus England – wurde sie im November 1923 im Grubenstädtchen Springs am östlichen Ende von Witwatersrand geboren. Sie war fünfzehn, als ihre erste Erzählung gedruckt wurde. Mehrere ihrer Romane sind in Südafrika endgültig oder zeitweilig verboten worden. Sie hat auch Essays über Rassenfragen, über Zensur geschrieben – ihr Erzählwerk jedoch macht sie nicht eigentlich zur »Protestschriftstellerin«, weil sie, als Darstellerin zwielichtiger Situationen, auch die Spannung zwischen der literarischen Charakterisierung und der Erfüllung politischer oppositioneller Wünsche als zusätzliche Ambiguität kennt: »Der Schriftsteller muß von seinen Freunden wie von seinen Feinden in Ruhe gelassen werden.«

Nadine Gordimer hat einen überaus empfindlichen Sinn für die physische Anwesenheit von Gegenständen; dadurch macht sie Stimmungen indirekt und desto wirksamer spürbar. Francois Bondy, Zeit-Magazin